本书获 2024 年贵州省文化产业发展专项资金资助

本书获 2024 年贵州省出版传媒事业发展专项资金资助

本书获广东省粤黔协作工作队遵义工作组赞助出版

遵义市文化旅游局
遵义市文化旅游发展中心
遵义市博物馆
遵义市长征学学会 编

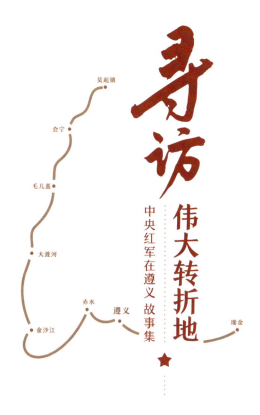

寻访 伟大转折地

中央红军在遵义 故事集

吴起镇
会宁
毛儿盖
大渡河
赤水 遵义
金沙江
瑞金

贵州大学出版社
Guizhou University Press

· 贵阳 ·

图书在版编目（CIP）数据

寻访伟大转折地：中央红军在遵义故事集 / 遵义市文化旅游局等编. -- 贵阳：贵州大学出版社, 2024. 6.
ISBN 978-7-5691-0894-1

Ⅰ. I247.81

中国国家版本馆CIP数据核字第20240VN127号

XUNFANG WEIDA ZHUANZHEDI:
ZHONGYANG HONGJUN ZAI ZUNYI GUSHIJI

寻访伟大转折地：中央红军在遵义故事集

编　　者	遵义市文化旅游局
	遵义市文化旅游发展中心
	遵义市博物馆
	遵义市长征学学会

出版人	闵　军
责任编辑	潘莎路　游　浪
设　计	陈　艺　陈　丽
出版发行	贵州大学出版社有限责任公司
	地址：贵阳市花溪区贵州大学东校区出版大楼
	邮编：550025　电话：0851-88291180

印　刷	贵阳精彩数字印刷有限公司
开　本	889毫米×1194毫米　1/32
印　张	6.5
字　数	121千字
版　次	2024年6月第1版
印　次	2024年6月第1次印刷
书　号	ISBN 978-7-5691-0894-1
定　价	88.00元

编委会

习近平总书记指出，要用好红色资源，传承好红色基因，把红色江山世世代代传承下去。贵州风景名胜多姿多彩，红色文化资源丰富，有利于红色旅游生态体系建设，实现旅游业的高质量发展。

红色文化是遵义建设一流旅游城市最具优势的资源。遵义会议，"全党全军齐欢庆"；四渡赤水，毛泽东演绎平生"得意之笔"；娄山关上，伟人挥就恢宏词章；遵义战役，铸就中央红军长征以来首个重大胜利。不仅如此，近九十年来，"红军菩萨"的故事，记叙了红军爱民如子的初心，"小红"塑像前每天祭奠的人络绎不绝；一块门板，承载了人民以身护"红"的深情，追寻初心至此，游人莫不注目回望；一条"爱护书籍 不要乱拿"的标语承载的文化内涵，传承至今，酿就了如今遵义萦绕满城的书香……

图 / 土城红军渡口（胡志刚 摄）

在遵义会议胜利召开九十周年即将到来之际，《寻访伟大转折地——中央红军在遵义故事集》将红军长征在遵义九十余天的历史篇章徐徐展开。书中，既有关于红军在遵义的历史回溯，也有革命先辈事迹的精彩描摹；既有英雄无畏的壮举定格，也有红色典型的当代书写；既有红色诗歌经典的纵声歌唱，也有红色精品路线的游览攻略……

以红色文化资源为核心，遵义的一百二十一个爱国主义教育基地、三百五十八处长征遗址遗迹星耀黔北大地；国家

一级博物馆遵义会议纪念馆、四渡赤水纪念馆，已成为广大游客红色之旅的重要打卡点；《伟大转折》演艺综合体，《娄山关大捷》《四渡赤水》实景演出，让观众感悟浴血荣光、苦难辉煌。在遵义，红色文化资源与世界文化遗产海龙屯、世界自然遗产赤水丹霞、赤水河谷国家级旅游度假区、世界酱香型白酒产业核心区、世界连片面积最大茶园——中国茶海等优质旅游资源相融合，形成了"红色+"酒旅、茶旅、康旅、民宿、非遗、人文、美食的多彩场景。十年来，

五千多万游客到遵义瞻仰革命遗址，接受精神洗礼，感悟红色情怀。

《寻访伟大转折地——中央红军在遵义故事集》既是一本红色传承的历史叙述故事集，也是一本让人不忍释手的红色文旅读本。诚挚期待大家以书为桥，踏上意义非凡的遵义红色之旅，领略历史与文化交织的独特魅力。

是为序。

目录

图 / 魏传义的油画作品《强渡乌江》

第一节　史料

1934 年 10 月，中央红军撤离根据地，实行战略大转移，从赣南、湘粤边、湘东南、湘桂边突破国民党当局构筑的四道封锁线，进入湖南的通道地区，改向敌军力量薄弱的贵州前进。12 月 15 日，中央红军占领黎平，中革军委于 19 日作出《关于执行中央政治局十二月十八日决定的决定》，命令于 12 月底右纵队红一、红九军团占领施秉地域，左纵队红三军团、军委纵队及红五军团占领黄平地域，然后分兵两路向黔北挺进。21 日至 26 日，右纵队接连攻占剑河、镇远、施秉等县城，黔军宋华轩团（第十六团）溃退至余庆，红一军团二师奉命协同左纵队攻占黄平旧州，军委纵队赴瓮安县境内的江界河渡口强渡乌江。

江界河渡口在瓮安县，乌江波涛汹涌，两岸都是悬崖峭壁，自古就有"天险"之称。红一军团二师以红四团为前卫队，于 1935 年 1 月 1 日到达江界河。江界河渡口分新、老渡口，新渡口在上游，老渡口在下游，两渡口相距三公里。红四团团长耿飚、政委杨成武对对岸进行火力侦察，采取佯攻老渡口、主攻新渡口的策略，最终突破了乌江天险。茶山关、桃子台、楠木渡等渡口位于开阳县和遵义县（今遵义市播州区）的交界处，红三军团的主力从此处突破乌江，其中，黄德金、宋月钊等七名老船工立下了汗马功劳。

图／红军突破乌江雕塑

图 / 指挥红军突破乌江的红军领导人

　　红军突破乌江的回龙场渡口，在余庆县境内，是目前尚有急流险滩的渡口。

　　乌江的回龙场渡口位于余庆县境中部岩门、箐口之间，分为新、老渡口，往上还有马落渡、梁家渡、袁家渡等渡口接湄潭、瓮安县境。乌江水深流急，潜伏着暗礁，两岸有悬崖峭壁，是红军进军黔北所面临的一道天堑。黔军侯之担部在乌江北岸

图 / 中央红军强渡乌江回龙场遗址

图 / 余庆构皮滩电站大坝

一百多公里沿线的十余处渡口布防，其指挥部设在遵义。川南边防第一旅旅长易少荃、副旅长任骧率一个团驻防袁家渡一带，与驻守箐口、岩门一带的黔军第八团（万式炯团）相接应。守敌在各渡口构筑防御工事，并将渡船沉入江底。黔军第八团第一、三营在回龙场渡口北岸的老鹰岩、野猪塘、王家岩、构子坪等地的十多个山头构筑工事。此外，伪县长王大生率地方武装力量在敖溪区署设立县政府临时办公处，在川南边防军的庇护下加紧派丁筹款，扼守江岸。1934 年 12 月 29 日，红一师向龙溪、袁家渡、回龙场方向前进，一面用火力侦察对岸守敌的火力点，一面派战士沿乌江南岸数十里寻找渡船，并于当晚赶回龙溪，向师部汇报。一场强渡乌江、抢渡回龙场的战斗在余庆县大乌江镇的乌江边打响。

第二节　故事

一、乌江里的一根竹子

中央红军长征从湖南通道转兵贵州，召开了长征中的第一次政治局会议——黎平会议，会议决定建立川黔边新根据地，以遵义为根据地中心。这样，中央红军便来到了遵义。

然而，最先进入遵义地域的是哪支部队，在哪个时间节点呢？据史料记载，1934年12月下旬，中央红军的先头部队红一军团一师就已进入余庆县。

1934年12月28日，红一军团一师在余庆县城万寿宫（今余庆中学大门处）召开全师连以上军政干部会议，师长李聚奎、政委黄甦分析了军政报告，黄甦传达了黎平会议精神，即红军要打到遵义去，创建新的根据地，并对强渡乌江作出具体部署，红一团团长杨得志率队作先遣部队。

乌江可真称得上"天险"，其两岸全是几百米高的大山，如经刀削斧劈，耸天壁立。江面宽百余米，滔滔的江水翻起白浪，发出哗哗的吼声。别说渡过去，就是站在岸边，也会使人心惊胆战。

红一团的前卫营一踏进浅滩，敌人就开火。红军立即组织了严密火力，压制敌人。当红军的迫击炮向着对面山顶轰了几炮之后，山顶敌人的工事设施顿时被炸飞到了半空。

敌人的火力被红军暂时压了下去，可是，怎样才能渡江呢？团长杨得志和政委黎林一起到附近的村庄调查。在那里，别说有船，就连一只木桨、一块像样的木板也被敌军搜走了，渡船、架桥都不可能。泅渡吗？湍急又汹涌的江水会把人吞没、冲走。

"一定要渡过去！"焦急之余，杨得志默默下定决心。因为他懂得先遣团渡江的意义，知道后面站着的是谁，更清楚尾追着红军大部队的是蒋介石的数十万追兵。在和黎林商量后，杨得志立即组织部队力量，到周围的村庄收购船只、木材，访问老乡，向他们请教渡江的办法。

一问老乡，红军反而增加了渡江的顾虑。附近村里的老人告诉他们，渡乌江一定要具备三个条件：大木船，大晴天，水性好、了解乌江的当地船夫。可在当时，红军并不具备其中的任何一个条件。

派出去的人回来答复，附近的村庄既没有船只，船夫也跑光了。"怎么办？"团长杨得志看着旁边发愁的政委黎林发问，他们都万分焦急。风还在呼呼地号叫着，简直分不清什么是风声，什么是浪响，雨还在一股劲儿地下着，越下越大。他们不顾风吹雨淋，来回地在浅滩里踱着步子，苦苦地思索着、研究着，想出一个又一个办法，但这些办法又一个一个地被否定了。

已经到下午了，还是没有想出渡江的办法。这时敌人又开始攻击红军，杨得志正想拿出望远镜看看对岸山顶敌人的情况，忽然发现从江中漂来一样东西，仔细一看，原来是一根竹子。

那根竹子漂浮在江心，随着水浪的冲击旋转着，尽管一朵又一朵的浪花淹没了它，而浪头一过，它又顽强地浮出了水面。

杨得志看见在浪花里起起伏伏的竹子，忽然受到了启发。"老黎！"他兴奋得几乎叫了起来，拽拽旁边的黎林，指着浪花里的竹子："看！有办法了！"没等黎林回答，杨得志一边抹着脸上的雨珠，一边跑向村子，一边给大家伙说用竹排搭建浮桥的办法，大家都说用竹排搭建浮桥的办法好。红一团立刻从村子里弄来许多竹子，干的、湿的，粗的、细的，短的、长的，什么样的都有。大家七手八脚地扎捆起来，没有麻绳就用草绳，最后连绑腿带也解下来绑竹筏了。

三个小时左右，扎成了一个一丈多宽、两丈多长的竹排，这样一来，战士们的情绪高涨，争着报名划第一个竹排，都想成为第一个过江的战士。

杨得志他们就这样利用竹子扎成的竹排强渡乌江，打跑了对岸的敌人，取得了进军遵义城的首战胜利。

二、赵章成三炮定胜利

乌江自古以"险"著称，它宛如一条青黑色的蛟龙，由西南向东北奔腾而去，湍急的江水裹着漩涡在墨褐色的峡谷中飞泻，非常凶险。

1935 年 1 月 1 日，天刚蒙蒙亮，红一军团二师四团的指挥员就冒着大雪来到了乌江边。

红一军团二师四团团长耿飚和政委杨成武披蓑衣、踏草鞋，化装成当地老百姓，冒着茫茫大雪来到乌江江界河渡口前沿进行实地侦察。

耿飚和杨成武来到乌江边，耿飚顺手折下岸边的一支小树枝投进江中，转眼间，小树枝就被急流冲得无影无踪。参谋人员简单地估算了江水的流速，将近每秒钟两米。二人又带着参谋人员顺着江岸仔细察看地形，只见乌江两岸皆是悬崖峭壁，南岸要下五公里陡壁才能到达江边，北岸又要爬五公里陡坡才能接上通往遵义的大路。乌江沿岸的地势确实险要，任何决策失误都会造成难以估量的损失。

"进行火力侦察，摸清敌人的兵力部署！"耿飚下达了命令。很快，红四团前沿阵地响起了一阵枪炮声，江对岸黔军阵地的各个火力点同时用枪炮回应。

"不愧人称'子弹兵'（国民党二十五军副军长兼'剿匪'后备总指挥名为侯之担，'子弹'是'之担'的谐音，'子弹兵'是老百姓对黔军部队的蔑称），就是爱放枪。"杨成武笑了笑说，举起望远镜，向江对岸看去。

根据敌情和江险，红四团派毛振华带十七名战士乘三个竹筏夜渡乌江，但其中两个竹筏被激流卷回，毛振华所乘的竹筏下落不明（实际上已成功渡过乌江）。

拂晓之际，红四团一营再次强渡乌江，担负先头任务的三个竹筏在渡口正面佯攻火力的掩护下，强渡成功。竹筏上的战士们与前一天偷渡过去、在对岸峭岩下埋伏了一天的五名勇士互相配合，摧毁了敌人的河岸工事。一营趁机赶紧渡江，刚上滩头，敌人的预备队也赶到了。敌人居高临下，一营被迫退守江边。

刘伯承、陈光、刘亚楼、耿飚、杨成武等人瞪大了眼睛，密切地注视着江对岸一营的行动。在望远镜中，刘伯承看到一营战士和敌人拼搏的场面，急得直跺脚，他对身边的师长陈光说:"陈师长,你看,一营已被敌人逼到了江边,他们已无路可退了,你赶快命令部队加大火力支援,否则,前功尽弃不说,还会带来更严重的后果!"

陈光心里也十分焦急,他说:"现在来不及派人过江了,我们要有大炮支援就好了。"

刘伯承问:"你们不是有一门迫击炮吗?"

"可没有炮手啊!而且也只有五发炮弹了。"陈光焦急地回答。

红军中出名的"神炮营长"赵章成主动请缨。

陈光喊道:"赶快向敌人阵地发炮!"并将自己的望远镜递给赵章成,对他说:"你看对岸,我们一营的战士被敌人赶到江边了,你要赶快用迫击炮支援他们,把敌人打散打跑。"

赵章成说:"首长,我们只有五发炮弹了!"

陈光不假思索地说:"五发炮弹都打过去,要百发百中,能把敌人打散就行。"

赵章成架好迫击炮,睁一只眼闭一只眼,估算了射击距离和瞄准射击点,沉思片刻后说:"首长,一切准备完毕!"

"开炮!"陈光大声地发布命令。

"轰隆,轰隆,轰隆。"赵章成连发三发炮弹,炮弹在敌人中间呈"品"字形爆炸。

　　赵章成的三发炮弹，把敌人吓蒙了，他们不敢再到江边试探，便仓皇溃逃。一营占领了阵地。

　　这时，红四团乘胜渡江，占领了江对岸敌人的阵地，为红军大部队前进扫清了障碍。

　　神炮手赵章成后来在大渡河边又靠其高超的炮击技术摧毁了敌人的火力点，使红军强渡成功。

　　1955 年，赵章成被授予少将军衔，曾任人民志愿军炮兵第二司令员、人民解放军炮兵副司令员等职，于 1969 年11 月逝世。

三、红军强渡乌江

　　1935 年 1 月 1 日，中央红军开始了强渡乌江的战斗。

　　乌江，是贵州省的第一大江，江岸陡峭，地势十分险要。红军首先在江界河实行中间突破，红一军团一师三团接着分别在回龙场至茶山关全线突破了长达一百多公里的乌江防线，赶到乌江南岸。乌江南岸到处是悬崖绝壁，好似被刀削斧劈的石峰赫然耸立。乌江波涛汹涌，急流拍岸，数里之外可闻江水的吼声。

　　红军通过侦察得知，敌军的两个营在乌江附近的老鹰岩、野猪塘、王家岩等十多个山头上构筑工事，还封锁了渡口。所有渡船已被敌人拉到对岸并沉在河底。红军找到老船工安清和，经宣传，船工们知道了红军是"干人"（贵州方言，意为"穷人"）的队伍，他们就冒着风险为红军去搞渡船，团部派出七名水手配合，在猛烈的火力掩护下，安清和跳入江中，冒着寒冷刺骨的激流奋勇泅过江去，约二十分钟，从水里抢拖出三只渡船，沿着石壁，回到南岸。红军当时送了安清和一匹阴丹布，以作酬谢。渡船既得，一部分红军得以坐船过江，占领敌军阵地。

此时，在老渡口发起进攻的左翼部队，安排一支小分队在渡口牵制住敌人，另一部分在鱼子塘渡口下游用竹筏渡江。鱼子塘河面狭窄，激流汹涌，历来无人在此渡江，虽然敌人在这里的守备相对薄弱，但红军几次试渡都未成功。当地老船工赵子云、周金科积极帮助红军渡江。他们建议把竹筏划到野猪塘对面的岩脚，再顺激流而下划到回水处，即可沿壁登上对岸。红军采纳了他们的建议，周金科、赵子云跳上竹筏，领着红军勇士，用锚钩抵着石壁沿河而上，刚要接近敌人火力控制的范围时，他们将篙杆向石壁猛力一抵，竹筏像脱缰野马奔腾直下。赵子云指挥竹筏上的红军战士奋力划水，竹筏逐渐向北移动，进入水流回旋地带，顺利靠岸。上岸的红军隐蔽于乱石丛林之中。第二次渡河时，红军在竹筏上系上两条长绳，来回拉纤，

图 / 茶山关渡口

如此，一连红军偷渡到了北岸，沿着山间小溪，借着深谷乱石的阻挡，匍匐前进，包抄守敌的左右两侧。此时，敌人如梦初醒，一片惊叫，以为红军从天而降，慌不择路地向凤冈方向溃逃。船工赵子云在偷渡成功后，又为红军带路，使追击北岸逃敌的红军迅速取胜，红军将十二块大洋赠予赵子云。

接着，红军工兵连在岩门老渡口赶架形如蜈蚣的浮桥。在架浮桥的过程中，当地群众帮助红军砍毛竹，给红军劈柴送饭，献出自己家的门板和箩筐支援红军架桥。浮桥搭成后，红军的大部队浩浩荡荡过江，挥戈黔北。

在茶山关，红三军团前卫十三团派出侦察分队，先行渡江，寻找船只，并在茶山关上游一公里左右的桃子台渡江。桃子台位于息烽县、开阳县、遵义县三地交界的清水河与乌江汇合处，两岸皆是悬崖，仅一条"之"字小道盘绕山间，江面的狭窄处宽约一百米，江中有一个大石滩，名为石山，由此过江可到达对岸的老鹰岩、望水岩等要隘。从山脚的江边至山坳的要隘，敌人都没有设哨棚，所筑的碉堡也于撤退时被悉数炸毁。三名红军侦察兵先撑着一块门板从茶叶沟过河，化装成老百姓，找到船工宋月钊，但话音一出，宋月钊就知道红军不是本地人。

红军侦察员问宋月钊："老乡，茶山关上有几处碉堡？有多少人把守？"

宋月钊说："碉堡有，不清楚有几处，也不太清楚把守人数，没上去看过。"

红军侦察员又问："你家住在渡口边，知不知道船工叫啥？"

图 / 乌江渡口的船工宋月钊

宋月钊说："我就是船工嘛！"

红军侦察员高兴地说："哎呀，终于找到你了！"

红军侦察员说："老乡，找到桃源洞，你就是红军的恩人了。我们要请你帮个忙，不是白帮忙，要付工钱的。你愿意吗？"

看到这些人这样客气，宋月钊说："我是船工，帮人是我的本分，没有关系的，你们尽管说就是了！"

他们向宋月钊等人询问了茶山关的情况，如渡口有船如何摆渡，无船如何渡江等，问得非常仔细、具体。

因为船只都被国民党军队沉入江底了，等到夜深时，宋月钊和红军战士来到江边，冒着刺骨的江风，跳江潜入水中，捞出一只沉船，推到江边。宋月钊、黄德金等船工帮红军摆渡三天三夜，终于搭成了浮桥，红三军团将士全部安全渡过了"天险"乌江。

四、英雄连长毛振华

毛振华，红一军团二师四团三连连长，是突破乌江的"五勇士"带头人。

聂荣臻元帅曾说，红军打仗打的是干部，打的是党团员。每打一仗下来，党团员负伤之数，常常占到伤亡数的25%，甚至达到 50%。

在长征途中，党和红军的各级领导和指挥员与普通战士同甘共苦、生死相依。很多领导干部和共产党员以身作则，冲锋在前，战死沙场。每当有战斗任务，战士们纷纷请战，共产党员更是抢在前面。在强渡乌江的战斗中，红军组织了尖兵队，有十五个名额，红四团的战士都要抢着去。三连连长毛振华直接找到团长耿飚请战。

耿飚说："看看，又来了！我不是讲过嘛，这个任务非同小可！"

毛振华问："那为什么不让我去？"

耿飚说："毛伢子，这可是凫水过江，不同于地面作战。"

毛振华一听，当场把衣服脱了，跳进冰冷的江水中，扎了两个"猛子"给耿飚看。

在湘江边上长大的庄稼人，曾经给贺龙同志当过勤务兵，水性好、作战机智勇敢的连长毛振华，当仁不让，"抢"得了这个任务。

1935 年 1 月 1 日清晨，在正面佯攻的掩护下，毛连长带领四名勇士，在乌江下游五百米的竹林里，冒着严冬雪后刺骨的寒冷，跃入江中，劈波斩浪，直奔对岸，游至江心时，红军勇士们准备牵到对岸的绳索被敌人的炮火击断，试渡受挫。入夜，毛连长带领四名勇士乘着竹筏再次偷渡。

1月3日，红军强渡乌江，数十只竹筏如奔腾的骏马脱缰而出，直奔对岸，顿时炮火声、军号声、口号声响彻山谷。竹筏逼近江心时，敌军的炮弹像暴雨般倾泻在江面上。就在这紧要时刻，前一晚偷渡过江在石崖下忍饥受冻隐蔽了一天一夜的毛连长和四位红军勇士，在敌人眼皮下组成一支出其不意的突击队，与竹筏上的红军巧妙配合，浇灭了敌人的嚣张气焰，使敌军乱了阵脚，突击队乘胜攻占了滩头阵地。

1月6日的《红星》报报道：

毛振华、刘昌华、钟家通、温赞元、丁胜心等人登岸时，因实力悬殊，不能遂行驱逐敌人的任务，困守于石崖下，忍饥受冻，直到第二天，红四团作第二次强渡尝试，二连连长杨尚坤带一个机枪班和一个步枪班奔杀过河时，才发觉他们在那里。毛振华一口气爬上山，拿起轻机枪向敌军一阵猛射，当即占领敌人的主要阵地。但敌人不甘心，集结两营以上的兵力孤注一掷，向红军发起反冲锋，一次、二次、三次、四次，红军顽强抗战，终于压制住了敌人反冲锋，最后以五个连续炸弹，完全击溃敌人，夺取了敌人视为天险的高崖！

五、如果发动群众，办法还是有的

余庆县回龙场是红军强渡乌江的三个渡口中至今还基本保留原貌的，另两个渡口（茶山关、江界河）已被并入构皮滩水库淹没区了。

回龙场是余庆至湄潭的交通要塞，舟楫发达，商旅频繁。可是，当红军到达之前，国民党早已把渡口销毁，船只或沉入江底，或转至对岸藏起来。

团长杨得志来到回龙场，只见滔滔江水，奔涌向前。杨得志终于找到了渡江办法。

图 / 江界河渡口

在江界河渡口，同样存在没船、没木板搭设浮桥的问题。正在大家为架桥犯难的时候，刘伯承总参谋长来了，他说："材料确实是问题，但如果发动群众，办法还是有的。"

工兵连指导员严雄把召集有木工、篾匠、铁工等出身的红军战士参加架桥献策会召开的情况向刘伯承作了汇报。其中，参军前当过篾匠的红军战士杨玉宝反映，他们那里在水上放木排，经常用竹篾编成绳索拖运木头，这种篾绳在水里越泡越结实。而余庆到处都有竹子，架桥所差的绳索就有着落了。

一排长李景高是在江西赣江边长大的工人，参军前跟父亲放过竹排，他提出可以扎一些竹排送部队过河。听到这里，刘伯承非常高兴，连声说："这个建议很好，值得研究。"并指示他们立即组织试验。

回到工兵连的严雄指导员，马上召集江西赣江连的红军战士出点子、想办法。渔民出身的小胡战士也说竹排完全可以在水上载人。

这样，连里、团里会扎竹排的"专家"都被推选出来了。团长召集他们开会，进行分工，一些砍竹，一些搓竹绳，一些扎竹排，扎好后交工兵连架桥。为加快速度，工兵连也在其他连挑选当过篾匠和水手的红军战士参与其中。

竹排扎好了，放到河里，由于乌江水流太急，竹排一个劲地往下漂，用大石头作石锚也拴不住。一个战士说："水打千斤石，难冲四两铁。何不做些铁锚呢？"这一句话有一定的道理，就被采纳了。团里派人到余庆、瓮安找人打铁砧，一试验，果然拴住了竹排。江界河浮桥就这样搭建起来了。

红军长征途中的一次科学化、民主化决策，解决了红军当时最棘手的问题。百余架竹排被送到江边，有的人给竹排穿眼，有的人捆扎竹排，有的人用火烤竹排，经过几十个小时的努力，终于搭好竹排浮桥了，红军大部队源源不断地从浮桥上通过。

1935 年 1 月 3 日接近黄昏的时候，毛泽东、周恩来、朱德等中央纵队的领导踏上了这座竹桥，毛泽东站在竹桥上看了又看，仿佛在欣赏一件从来没有见过的艺术珍品似的，在这里站站，到那里看看，不时还用手摸一下，用脚踩了几下，感叹一番，连声说："真了不起呀！"

乌江颂

王兴伟

一个拉一个，一个跟一个
1935 年的楠木渡，乌江之水汹涌
湮没了两岸生长的树

一个接一个，在敌人的枪炮中上了岸
红色播下，革命长成了参天大树

而今，那些苗壮的树木
成了独特的风景，成了我们
通往幸福的天桥

《遵义会议放光辉》
作词：肖华
作曲：晨耕、生茂、唐诃、遇秋
演唱：遵义市文化馆声乐干部

《摘菜调》
搜集：张一弦
改编：胡平、佘显录
演唱：乡巴佬组合

遵义市旅游精品线路（一）

线路名称：

茶海漫乡　假日之旅

线路简介：

走进中国茶海，感受茶园云雾缭绕之美，亲自炒制一盏绿茶，抑或在茶工业博物馆、天下第一壶茶文化博览园了解古今中外的茶文化，去飞龙湖低空飞行，一览黔北佳景。

线路安排：

中国茶海—茶海之心—长碛古寨—兰馨茶庄—中国茶工业博物馆—天下第一壶—飞龙湖

一路美宿：

湄潭国际温泉度假酒店、兰馨庄园、花时间·曲水、户晓、沁园春、大溪沟、仙住阁、茶寿山康养度假山庄、都市第三地、余庆坊等。

"茶海漫乡　假日之旅"示意图

图 / 4A 级旅游景区——凤冈县茶海之心景区

第二章 遵义会议放光辉

图 / 遵义画家赵虹创作的《遵义会议》

第一节 史料

图 / 遵义会议会址

1935 年 1 月，中央政治局在长征途中举行遵义会议，事实上确立了毛泽东同志在党中央和红军的领导地位，开始确立以毛泽东同志为主要代表的马克思主义正确路线在党中央的领导地位，开始形成以毛泽东同志为核心的党的第一代中央领导集体，开启了党独立自主解决中国革命实际问题新阶段，在最危急关头挽救了党、挽救了红军、挽救了中国革命，并且在这以后使党能够战胜张国焘的分裂主义，胜利完成长征，打开中国革命新局面。这在党的历史上是一个生死攸关的转折点。

第二节　故事

一、刘伯承计取遵义城

刘伯承同志是红军的总参谋长。因为长征初期红军一败再败，没有缴获物资，到突破乌江时，红军物资非常匮乏。因此，刘总参谋长告诉前卫部队的红一军团二师六团的政委王集成："现在，我们的日子是比较艰难的，既要求仗打得好，又要伤亡少，还要节省子弹。这就需要多用点智慧啰！"

1935 年 1 月 6 日，红六团疾步向遵义挺进。午后，侦察员报告，在距遵义十五公里的地方发现敌人的外围据点，驻有一个多营的兵力。刘总参谋长指示红六团：要全歼该处的敌人，不准有一个敌人漏网；否则，走漏了风声，就会影响"打"遵义。红六团立刻将部队分成两路，像一把钳子，以迅雷不及掩耳之势，"钳"住了敌人的外围据点。15 点左右，红六团发起攻击。这时，天下起了大雨，战士们全身都湿透了。但在困境中作战对于红六团来说已是家常便饭。敌人笃定有乌江"天险"这一道障碍，又认为大雨天更为太平。因此，他们在听到枪声后才仓皇迎战，然早已是"瓮中之鳖"。没多久，红军就占领了敌人的外围据点。

敌营长企图向外逃窜，带着一支残兵在村里东冲西撞，最后也没逃出红军的包围圈。红军完全将刘总参谋长的指示变为现实，凡是有一口气的敌人，都当了俘虏。遗憾的是，敌营长的性子太急，死得早了些。否则，红军还能多了解一些遵义城的情况。

政委王集成向俘虏训话，向他们讲清了红军对待俘虏的政策，说明了红军是打倒军阀、地主，为穷人翻身的工农队伍；并且告诉他们，红军今天就要"打"遵义，谁了解遵义的情况，应当详细报告，说得好的，事后有赏。

敌连长一听，急忙站了起来，点头哈腰地说："长官，红军对我们这么好，小人哪敢不效劳！"接着，他就把遵义的工事、守敌的实力，一一讲了，并画了一幅地图。

遵义城敌人的底细被红军摸着了。朱水秋团长、王集成政委一研究，决定化装成敌人，利用俘虏去"诈城"，打个"便宜仗"。他们把这个打算向刘总参谋长作了报告，刘总参谋长说："很好！这就是智慧。"并嘱咐道："装敌人一定要

图 / 20 世纪 40 年代遵义新城的来熏门和德耀门

装得像，千万不能叫敌人看出破绽来。"这出戏主要的角色由红一营营长曾保堂来扮演，他带着三连和侦察排及全团的二三十个司号员，还有十几个经过教育的俘虏和他们一起，红军战士清一色的敌军打扮，其他部队跟在他们的后面，如果"诈城"不成，便采取强攻。

21 点左右，红军冒雨出发了。天黑得什么也看不见，路滑得像被泼上了油，队列里不时地响起"扑通"的声音，几乎每个人都摔过几跤，摔跤后，战士就成了"泥人"。有的战士的草鞋被烂泥拔掉，想要捡起来，可那草鞋就像被胶粘在地上似的，怎么拽也拽不出来，将其扔了吧，真舍不得，捡吧，又要耽搁半天，影响大队人马的行进速度。于是，很多人干脆赤着脚，踏着碎石、烂泥，继续前进。行军两个多小时后，大雨停了，只是不时从天上落下几滴雨。透过夜幕，看见一点灯光吊在半空。俘虏们悄悄地告诉红军："到了。这是遵义城上岗楼的灯光。"于是，红军就装成败退下来的敌军，慌慌张张地往城脚跑去。

"干什么的？"城楼上发出一句凶狠的问话，枪栓也拉得"咔啦咔啦"地响。

"自己人！"俘虏们用贵州话从容地回答。

"哪一部分？"城楼上的人又问。

这时，那个俘虏连长就按照红军事先给他讲好的内容，悲悲切切地回话："我们是外围营的，今天全营被共军包围了，村子丢了，营长也被打死了。我是一连连长，领着一部分弟兄好歹逃了出来。现在共军还在追我们，快开城门，救救我们！"

"你们的营长叫什么名字？"敌人还想问一下。

那俘虏连长毫不迟疑地回答了。城楼上安静了一会儿，看样子，他们是在研究情况。为了不让他们有时间缜密地思考，红军又组织了一次"攻势"，许多人乱糟糟地喊："快开开门呐！""麻烦麻烦呐！""共军马上就追来啦……"

"在吵些什么！"一个语气很冲的家伙朝城下大喝一声，听口气，他估计是个当官的。突然，从城楼上射下来几道手电光，在红军身上照来照去，仿佛要照点可疑的东西出来。殊不知，手电光只能照清外表！当他们确认这些戴大盖帽子的是"自己人"的时候，才说："等着，别吵，这就给你们开门！"

大家一听，都憋住笑，悄悄地上好刺刀，推上子弹，等着敌人开门来迎接"自己人"。"哗啦"一声，城内的敌军卸下了门闩。随后，"吱——吱——"的两声，又高又厚的城门打开了。敌人恐慌地问我们侦察排的同志："难道共军已经过乌江啦？来得好快呀！"

"是啊，现在已经进了遵义城！"侦察排的几个战士把枪口指着那两个敌人的太阳穴，严肃地说："告诉你们，我们就是中国工农红军！"

那两个敌兵吓得喊了一声"啊！"就像煮熟的面条一样瘫在地上了。

于是，红军大队人马一下子涌进城去，割了电线，收拾了城楼上的敌人。二三十个司号员一齐吹起了冲锋号。这时，后续部队像风一样向城里冲。霎时，遵义城热闹起来了，激昂嘹亮的军号声中夹杂着惊心动魄的枪声，英勇杀敌的呼喊声中混合着敌人的哭喊声。大多数敌人还没有来得及穿衣服就当了俘虏，只有少数敌人狼狈不堪地从北门逃跑了。

1月7日凌晨，红军智取了遵义城。

二、"水马司令"的故事

红军神速地渡过乌江，国民党溃败后宣传红军有神奇的"水马"，帮助红军打赢了"北渡乌江"这一仗。遵义城里的老百姓认为红军很神秘，并对其产生了崇敬之情。

红军突破乌江"天险"，此消息像闪电一般传播开来，化作许多传说。传说之一是，每一个红军战士都骑着一匹水马，这种水马在惊涛骇浪中如履平地，腾飞自如，而且每个

图 / 20世纪30年代的遵义城一角

战士都穿戴着铁甲铁盔，刀枪不入。黔军刚要抵抗，红军已经乘着水马跨过一百多公里长的乌江防线，铺天盖地而来，黔军哪里抵抗得住，于是红军就突破了乌江"天险"。传说就像闪电、像疾风，迅速传遍遵义、贵阳，为这支远途而来的疲惫之师、正义之师披上了一身神话色彩。

红军智取了遵义，遵义城里的人都来找"水马盔甲"，因为传说中的铁甲铁盔刀枪不入。可是，在哪里才能找得到铁甲铁盔呢？

1935年1月7日，遵义城以鲜红的朝霞迎接了她的黎明。黔军的劣迹让百姓憎恨，遵义的百姓对红军的到来充满期待，卖豆花、米粉等各种小吃的店铺，试探着开门，他们前一天还觉得红军很神秘，而后一天这些带着神话色彩的人，已经站在他们面前了。

战士曾保堂是最早进入遵义城的红军之一。

为了迷惑敌人，团通讯主任故意在曾保堂住的临街的房子前用粉笔写了几个大字："第一水马司令部驻此。"这样一来，给曾保堂惹了不小的麻烦。由于连日来的过度疲劳，曾保堂打算好好地睡上一觉，不料，一大早门前就有一群人吵吵嚷嚷。他不知出了什么事，起来一看，见门口聚集了一大群人，其中有不少青年学生。这些人一见他出来了，一个劲儿地龇着牙对着他笑，同时还窃窃私语：

"瞧，司令出来了！司令出来了！"

"就是他！"

"你看那两只眼睛多有神！"

曾保堂十分尴尬，很不好意思地说："你们这是看什么呀？"

"我们就是看你呀！看水马司令呀！"一个女学生痴痴地笑着说。

"哪里有什么水马司令？"曾保堂问。

"咳，别谦虚了，你就是嘛！"一位老人说，"那么高的城墙，听说昨天晚上你们一蹦就蹦上来了。"

"没有的事！没有的事！"曾保堂笑着说。

接着，有好几个人一起说：

"司令别太谦虚了，把你们的水马拉出来叫我们看看，行吗？"

"还有盔甲！那刀枪不入的盔甲！"

曾保堂无奈地拍拍自己满是泥的军衣，笑着说："要看你们就看吧，这就是我的盔甲。"

"咳，真会说笑话，人家还保守秘密哩！"

曾保堂看群众有很高的热情，觉得这是个宣传的好机会，便向他们讲述了红军战士常向群众宣传的那几番道理。遵义的百姓认可了这些新鲜道理，并给予了曾保堂热烈的掌声。

三、大义刘伯庄

翻开遵义的百年历史，我们大可以举出像公车上书的杨兆麟那样的爱国豪杰，像蹇先艾、申尚贤那样文采飞扬的才子，像陈沂、秦川那样有一身正气的共产党员，他们是遵义人的骄傲。

八十多年前，有一个普通的遵义人，一个从平民到乡贤又归于平民的人，他算不上官场中人，也称不上英雄豪杰，但实际上，他的确是我们千千万万个"遵义人"中的人杰，此人乃刘伯庄。

图 / 1950 年的丰乐桥（今迎红桥）

当我们回首这个人用六十年来求仁求义的不凡人生时，不得不赞叹：遵义既有许多的巍巍英豪，又有像刘伯庄先生那样杰出的先贤。

刘伯庄先生生于 1880 年的农历九月，其父母都是农民，家中共有兄妹五人，他为长兄。刘伯庄年幼时，其父母皆因"鸡窝寒"（痢疾）而病故，伯庄先生以稚嫩的肩膀挑起了全家的重担，一边求学，一边赚钱养活弟弟妹妹。他是从艰苦中磨炼出来的穷学子，为人忠厚，是立志从事教育的一方乡贤。

遵义教育的"今天"是从"昨天"走过来的，我们永远不要忘记那些兴学劝学的历史人物。

立志为乡梓办实事的刘伯庄看准了兴学育人的方向及关键时刻，还遇上了袁玉锡这样一个好官。袁玉锡是一个对遵义的教育文化有着特殊贡献的人物，他任知府的时期正是政局不稳定的清末民初，政权更迭频繁。按今天的话说，袁玉锡的"教育兴遵义"的思想仍有重要意义，他用手中的行政权力大力推行新学，注重发现和培养人才。在那一段时期，刘伯庄先生的事迹传到了袁玉锡那里，袁玉锡对刘伯庄先生信任有加，办百艺厂，对其委以重任，刘伯庄先生也总不计较付出的辛劳与收到的酬禄。

1921 年，遵义出现了最早的私立小学——育成学校，其创办者正是刘伯庄先生，刘伯庄先生成为遵义第一个"吃螃蟹"的教育家。其后，由于他的勤勉和奉献，众人又推举他来办城成小学。

1931年春，城成小学开学。作为校长，刘伯庄先生的教学理念是"学以致用，踏实做事"，他最不喜欢开会说空话，说了便要彻底实行。他在城成小学时，将近五十岁，每天于黎明时入校，接着便去浇花或种蔬菜。早操的时候，穿一套对襟的短服，在学生队列中穿来穿去，纠正同学们的动作。刘伯庄先生在放学的时候都要训话，不外乎是不吸纸烟、不要酗酒、不要穿漂亮衣服、行坐要端正、做事不苟且、不旷课、不许回家逼父母做好菜等。他常讲出许多亲身经历给学生听，学生一点儿也不觉得厌烦。上课的时候，刘伯庄先生又常在教室外站着，他不是监视学生，而是听老师们讲解，如果青年教师的读音有错误，他立刻就走进教室来纠正。如果学生上体育课时不慎打坏屋瓦，他就要体育老师赔偿，虽然没有谁赔偿过，但学生爱护公物的习惯就此养成了。他要求学生写字时一丝不苟。高年级的学生写字，由他亲自查阅。下午的课余时间，教学生装订本子、裱糊标语、栽植花木。有时，他会让学生到街上买一些不容易买到的东西，以检验学生的实践能力。他在谈学校计划时，眉宇间充满无限欢喜。他最能原谅学生，他不赞同老师因学生戏弄一下师长就给其记过或将其开除。那时的教员，都是他的晚辈，他批评有过失的教员时，毫不留情面。对所谓的上级长官之流，刘伯庄先生以礼相待，若他们失了理或无理，他必然发怒。

刘伯庄先生以其大义，成为全城最有影响力和号召力的乡贤之一。

1935年1月，中央红军长征来到遵义，因为有地下党和许多像刘伯庄先生这样有影响的地方贤达"打招呼"，全城一切如常，刘伯庄先生还带头去迎红桥迎接中央纵队入城，当年遵义地下党的负责人周济多次提到："中午赶到丰乐桥，准备迎接毛主席。遵义著名人士刘伯庄等也赶到丰乐桥头迎接红军。那阵国民党军造谣说共产党'共产共妻''杀人放火'，他们还去迎接，说明遵义绅士对国民党很不满。"那时，红军总政治部入驻天主堂，潘汉年住在里面的一间小屋里。天主堂对面的高等小学驻的是地方工作部，邵式平等同志都住在那里。他们亲自发动群众，组织工农剧社，筹备成立革命委员会，也找过一些人开过会，参加的人有刘伯庄、刘季庄，开绸缎铺的刘芷庄兄弟等。

刘伯庄先生还参加了中央红军在遵义期间召开的其他会议。当时的中华苏维埃共和国国家银行行长毛泽民到刘伯庄先生家中拜访，请他出面给各行各业宣传红军的政策，动员各商号开门营业，还请他设法购买布匹为红军增制军装、军帽，购买行军中急需的生活用品、药物等，他不负重托，为红军——办妥。红军为了感谢刘伯庄，特地送了一座钟和一个盂钵给他做纪念（盂钵现陈列在红花岗区老城杨柳街口的中华苏维埃共和国国家银行旧址）。红军离开遵义前，总政治部代主任李富春特意请刘伯庄先生和谌明道等人在桃源山上的桃源饭店吃饭，赞扬他们大力支持红军、为红军办实事。徐特立、李富春等人非常看重刘伯庄先生，足见当年的刘伯庄先生的确是侠肝义胆、光彩照人。

可以说，"迎红""助红"的刘伯庄，这时已经走上了他人生的高峰，他的举动既是无功利的，也是非刻意的，历史不会将其忘记。

四、毛泽东在遵义老城宣讲

遵义人民真有幸，今天的百盛广场，时为府衙门小广场，毛泽东站在长板凳上向欢迎群众作了重要演讲。

事情还要从遵义人民在迎红桥头迎红军后谈起。1935年1月9日，遵义城喜气洋洋，街道两边摆着烟、茶、糕点、酒等。群众早早列队站在街边，等候毛泽东等中央领导同志从他们身边经过。中央红军部队以三路纵队迈着整齐的步伐沿着大街前进。群众看到中央领导同志走过来时，都热烈鼓掌。一时间，锣鼓阵阵，鞭炮齐鸣，"欢迎中央红军到贵州来！""打倒王家烈！""打倒国民党蒋介石！""打倒帝国主义！""拥护中国共产党！"等口号声不绝于耳。中央领导同志满面笑容，频频向群众挥手致意，整个遵义城都沸腾起来了。

中央红军进入遵义新城，过了桥来到老城。毛泽东经过

图 / 1971 年遵义画家赵虹创作的油画《毛泽东到遵义》

府衙门向小广场走去。一瞬间，青年学生和市民转头涌进了小广场，到处都挤满了人。毛泽东注视着四周的人群，心情格外激动，看来他是要向群众讲话了。广场没有讲台，警卫人员张耀祠等人马上搬来一条长板凳，放在毛泽东跟前，毛泽东顺脚踏了上去，站在板凳上向欢呼的人群挥手。当时，张耀祠就站在毛泽东的身后，跟群众搅和在一起，密切观察着周围的情况，严防发生意外。遵义的老百姓从未见过毛泽东，他们不确定站在板凳上的是毛泽东。站在张耀祠身边的几个青年小伙子，指着板凳上的毛泽东说："他不像毛泽东，在大街上看到的高鼻子才是毛泽东！"这些小青年，把在大街上看到的高鼻子李德当成毛泽东了。

毛泽东站在板凳上向群众讲道：

中国工农红军来到贵州是要同你们一道，打倒统治压迫剥削劳动人民的军阀王家烈，打倒国民党蒋介石，解放全中国。[1]

毛泽东特别强调：

---

[1]　张耀祠：《张耀祠回忆录：在毛主席身边的日子》，中共党史出版社，2012，第 21 页。

我们劳动人民，为什么祖祖辈辈都是穷人呢？富人为什么那样富呢？这是因为有外来帝国主义的侵略和掠夺。国民党蒋介石不抵抗，实行先安内，后攘外的卖国政策，对内发动全面反共反人民的反革命战争。资产阶级、地主阶级、土豪劣绅对工人、农民、城市平民实行残酷的剥削。国民党、各地军阀、党、政、军、警、宪所有的官员都是一群贪官污吏，是专门敲诈勒索工人、农民、城市贫民的吸血鬼，富了当官的和地主老财，穷了工人、农民、城市贫民。我们无产阶级几千年来都是受资产阶级、地主阶级、军阀官僚的压迫剥削。究其原因，最主要是无产阶级没有自己的政权，没有自己的军队，人民没有自由说话的权利。因此穷人没有靠山。无产阶级有了自己的政权和军队，人民就有自由说话的权利，就有生存的条件。①

毛泽东站在板凳上，双脚一动不动，手却在不停地挥动着，他说：

现在中国共产党领导的中国工农红军，是人民的子弟

---

① 张耀祠：《张耀祠回忆录：在毛主席身边的日子》，中共党史出版社，2012，第21页。

兵，是人民的军队，是为人民谋利益、求解放的军队。工人、农民和劳动人民要在中国共产党领导下，团结起来，组织起来，建立人民民主政权。青年人要踊跃参加中国工农红军，壮大红军的力量，坚决打倒国民党蒋介石，打倒王家烈，打倒帝国主义！①

毛泽东又说：

中国工农红军要北上抗日，日本帝国主义侵占了我国东北三省，现在又准备向华北进军，要把中国变成日本帝国主义的殖民地。全国各党派、各方军队、各界人士和不愿当亡国奴的人们，只要愿意抗日救国的，我们共产党都欢迎，我们愿意同他们联合起来，一致对外，共同抗日，把日本帝国主义从中国领土上赶出去！②

五、万人大会尽欢颜

从黎平会议到猴场会议，中央一系列的决议、通令、决

---

① 张耀祠：《张耀祠回忆录：在毛主席身边的日子》，中共党史出版社，2012，第 22 页。
② 同上。

定、电文的指示，已为中央红军转兵贵州、进驻黔北，以遵义为中心开辟新的根据地、创立新苏区、建立遵义县革命委员会打下了政治和思想基础。

1935 年 1 月 9 日，中革军委纵队进入遵义城，总政治部工作人员、部队指战员，迅速开展了各种宣传活动，在大街小巷贴上了标语，画上了漫画。

红军在遵义期间，在天主堂又召开了有百余人的群众代表会，在会上，红军领导讲了共产党的政策和建立苏维埃政府的意见，号召各行各业的群众团结起来，与地主豪绅开展斗争。会上散发了《中华苏维埃共和国宪法大纲》《中共中央告民众书》《出路在哪里》等文件。会后，留下部分群众代表商议筹备建立各种革命组织，商讨如何选举遵义县革命委员会领导班子等事宜。

1 月 10 日，红军开始在遵义休整。总政治部地方工作部投入紧张的筹建遵义县革命委员会和革命群众团体的工作中，并指定李坚真、邵式平、谢唯俊、洪水、贾拓夫等同志组成工作组，工作组明确了三项任务：

1. 驻下来，建立根据地，建立苏维埃，建立红色政权；

2. 组织群众，扩大红军；

3. 打土豪，分田分土，解决人民土地问题。

图 / 红军在遵义召开群众大会

　　工作组根据地方工作部的布置，立即深入工厂、学校、街道，一边宣传红军是工农的队伍，要建立根据地，打土豪分田地；一边调查了解当时的积极分子和群众的情况，为建立遵义县革命委员会做准备。

　　1月12日下午，红军在遵义老城的省立第三中学（今遵义市第十一中学）操场，召开了遵义县革命委员会成立大会（即万人大会）。会场内外，人山人海，红旗飘扬。大会在推举主席团之后，首先由筹备处代表报告遵义县革命委员会筹备的过程，接着是朱德、毛泽东、李富春等讲话。他们以通俗的语言，阐明了苏维埃政府和红军的主张，揭露了反革命者的罪恶与欺骗，使广大群众认识到"只有苏维埃才能救中国""红军是工农自己的军队"的真理。另外，工人代表邓云山、妇女代表李小侠、红军代表都作了讲话。

《红星》报于1月15日专门报道了万人大会成立县革命委员会的隆重情景：

散会后，由红军篮球队与三中篮球队，举行友谊比赛，这一事实，便宣布了反革命说"红军杀智（知）识分子"……谣言的破产！

图 / 红军在遵义开展宣传活动

图 / 遵义县革命委员会成立现场（今遵义第十一中学

同一时期建立的县级政权还有"湄潭县革命委员会""桐梓县革命委员会"等六处。

万人大会,是红军长征途中的一次规模盛大的群众大会。

六、毛泽东讥评"铅笔指挥家"

遵义会议上,最先由博古发言,他把第五次反"围剿"失败的原因归结于"客观原因",即"敌强我弱",他的自我辩解和开脱自然引起与会者的不满,当场就有人批评博古企图推卸责任,其报告被称为"正报告"。

随后发言的周恩来与博古形成了鲜明对比,周恩来以一贯务实求真的作风、坦诚的态度,在"副报告"中公开承认了"三人团"在军事路线上的错误,特别是不应当同敌人打起红军并不擅长的阵地战,犯了毛泽东同志说过的"叫花子同龙王比宝"的错误,并将此归为中央红军第五次反"围剿"失利的主要原因,还做了严肃的自我批评,丝毫没有推诿,并表示愿意承担相关的责任。周恩来发言的内容和态度和博古大为不同。

周恩来发言之后,是张闻天同志作"反报告",他"反"的是博古的"客观原因",他为遵义会议的成功召开发射了一颗"重型炮弹",击中了"左"倾教条主义的要害。

以往开会，毛泽东喜欢在后面发言，因后面发言的话语空间更广，可以在前面发言者的基础上进一步整理思路，得出概括性的结论。可是这一次，他一反常态，在前面说话了。因为毛泽东清楚地看到，周恩来、王稼祥、张闻天、陈云等人都用期待的目光看着他，希望他能站起来讲一讲，众望所归，也就没有什么好谦让的了。

毛泽东没有准备讲稿，他也是即兴发言。不同的是，他在笔记本上用铅笔记录了几个要点，还有一些数字，用以帮助他说明问题，有些还是刚才博古、周恩来发言时匆匆记下来的。

毛泽东没有做任何礼节性的铺垫或开场白，而是开宗明义，直奔主题。他也从第五次反"围剿"讲起，毫不客气地批评了博古认为失败的"客观原因"是红军在数量上处于劣势。毛泽东则以中央苏区前四次反"围剿"为例：红军面对的同样是数倍于己的国民党正规军，都取得了胜利。问题不在于敌我数量的对比，少可以胜多，弱可以胜强，正是这种军事辩证关系，给双方的胜负带来了变数。正确的战略、战术才是决定战争胜负的根本性原因。李德和博古搞的那一套葬送红军胜利的打法，破坏和抛弃了红军打运动战的传统战法。诱敌深入，集中优势兵力打歼灭战，伤其十指不如断其一指，这些优秀、灵活的宝贵战法不是某一个人的奇思妙想，这是红军在前几次中央苏区反"围剿"战斗中用鲜血和生命换来的宝贵经验，被李德所谓"短促突击"的"鬼名堂"取而代之，红军越打越少、根据地越打越小的失败局面也就无可挽回了。

毛泽东最后的结论是，以"三人团"为代表的军事路线错了，大错特错。毛泽东将他们的错误归纳为"进攻中的冒险主义""防御中的保守主义"和"退却中的逃跑主义"。

除了军事路线外，毛泽东还讲到一些具体问题。

同志们，军事领导者是干什么的？他们最重要的任务应当是解决军事方针问题。我们的那些军事领导人，坐在瑞金的独立房子内，靠着墙上的地图和手中的铅笔指挥战争，红军基层指挥员管他们叫"铅笔指挥家"，我看一点没错。他们根本不顾这样明白的现实，战士也是人，也要用双脚走路，也要吃饭、睡觉，路是用脚走的，人是要吃饭的，假如一个指挥员不了解实际地形和地理情况，只知道根据地图布置阵地和决定进攻时间，那还岂有不打败仗的道理？①

毛泽东的讲话赢得了热烈的掌声，特别是那些红军首

---

① 阎欣宁：《遵义！遵义！》，解放军文艺出版社，2011，第149页。

图 / 遵义会议陈列馆雕像

长们，他们压抑了一年多的愤懑，终于在毛泽东做高度概括之后，被痛快淋漓地说了出来。毛泽东的话，形象而又生动。

陈云同志向共产国际汇报时也说，在遵义会议上，我们撤换了靠铅笔指挥的战略家！

七、"关键一票"的故事

在党的七大上，第一次选举中央委员时，王稼祥同志落选了。当时大多数同志对他在遵义会议上起的重要作用，都是心知肚明的，但是也有些同志对他并不怎么了解，据说是因王稼祥同志对下级的态度较为生硬，故而没有选他。因而毛泽东在大会上再次向代表们做思想工作，毛泽东对王稼祥同志有很高的评价。之后的中央政治局候补委员的选举结果显示，王稼祥同志之名在其中。

聂荣臻也回忆道，在遵义会议上，毛泽东发言之后，王稼祥同志紧接着发言，并表示支持毛泽东同志。因此，毛泽东后来说，在遵义会议上，王稼祥投了"关键一票"。这就是在党内传为美谈的"关键一票"的故事。

王稼祥同志在遵义会议之前，对毛泽东同志也不是非常了解。长征开始后，他较为深入地接触了毛泽东同志，因此，他比别人更早地站在支持毛泽东同志的立场上。在遵义会议上，王稼祥带病出场，旗帜鲜明地发表了三条重要意见，得到了与会者的认同和赞许。

遵义会议是王稼祥提议召开的。之前，有人劝他："你正生病，不必参加会议了。"他答道："这是头等大事，比我的病更重要，我要坐担架去开会！"当天的会上，在毛泽东讲完之后，王稼祥从躺椅上站了起来，激动地发言。周恩来劝他坐下，他才坐着讲。王稼祥的发言很干脆：

第一，完全赞同张闻天、毛泽东的发言；

第二，提议应该由毛泽东这样富有实际经验的人来指挥红军部队；

图 / 王稼祥同志的住室

第三，取消李德、博古的军事指挥权，解散"三人团"。

坚持真理，修正错误，在我们党的老一辈无产阶级革命家中蔚然成风，而王稼祥同志是老一辈无产阶级革命家中最为典型的一员。

八、真理在谁手里，就跟谁走

张闻天（洛甫），曾被派往莫斯科中山大学、红色教授学院学习，于1931年夏被指定为临时中央政治局委员及政治局常委，后任中央政府人民委员会主席，曾执行过"左"倾错误路线。但是，当他认识了错误，了解了第五次反"围剿"失败的原因后，就能与"左"倾划清界限，在遵义会议上作了"反报告"，向"左"倾军事路线"开炮"。

在遵义会议的开头，博古作了"正报告"，把失败原因归于"客观因素"；周恩来作了"副报告"，他痛心地检讨了"三人团"在指挥上的重大失误，主动承担责任。接着，博古希望与会者对"正报告"和"副报告"加以讨论。直到这时，博古仍在按照其事先预想的程序进行着会议。

博古的话音刚落，张闻天马上开始发言。张闻天从衣袋里掏出一大叠纸，清楚地表明了他事先做了充分准备。如杨尚昆所忆："他作报告时手里有一个提纲，基本上是照着提纲讲的。这个提纲实际上是毛泽东、张闻天、王稼祥三位同志的集体创作而以毛泽东同志的思想为主导的。"① 毛泽东在长征开始时提议与张、王一起行军，入遵义后又同住古寺巷（今幸福巷），经过长时间交流，其结果便是张闻天手中的这份发言提纲。

① 杨尚昆：《追忆领袖战友同志》，中央文献出版社，2001，第104—105页。

图 / 张闻天（1900—1976）
曾任中华苏维埃共和国人民
委员会主席

写过长篇小说的张闻天，思路清晰，擅于表达，他的发言一下子就震动了会场。他的发言内容，大体上也就是后来由他起草的遵义会议决议。

张闻天的第一句话，就使博古和李德吃了一惊。他说："听了博古同志关于第五次反'围剿'总结报告和周恩来同志的'副报告'之后，我们认为博古同志的报告基本上是不正确的！"

张闻天一口气讲了一个小时左右，完全持与博古相反的观点，人称"反报告"。

遵义会议后不久，党中央改组，博古交权，交给了张闻天。张闻天同志在非常时期承担起了领导全党的重任。张闻天同志维护核心、服从核心、顾全大局、光明磊落的风范，一直为人们所称道。有专家把"毛洛合作"取得长征胜利作为全党团结共事的典范。

长征胜利后，张闻天与刘英在瓦窑堡成婚，刘英回忆说：

到了瓦窑堡，闻天征求我的意见：这下有了家，可以了吧？于是我们就结成了终身伴侣。分给我们一孔石窑洞，挺漂亮。革命有了"家"，我和闻天也成了家。没有举行任何仪式，也没有请客，情投意合，环境许可，两个行李卷合在一起就是了。倒是毛主席到瓦窑堡后，来窑洞闹了一闹，算是补了"闹新房"的一课。在直罗镇，他率领中央红军同十五军团合作打了一个大胜仗，情绪很高。到瓦窑堡后听说我们同居了，就来看望我们。他好说笑，进门就嚷："你们要请客，结婚不请客，不承认！不算数！"闻天一碰到开玩笑的场合，嘴就笨了，不知道该怎么回答。我说："拿什么请客呀？又没有钱，又没有东西！"毛主席笑着说："那就不承认！"他又说："我倒是真心给你们贺喜来了，还写了一首打油诗呢！"①

---

① 刘英：《在历史的激流中　刘英回忆录》，中共党史出版社，1992，第 88 页。

图 / 毛泽东、张闻天、王稼祥住居

张闻天回忆：

    长征出发后，我同毛泽东、王稼祥二同志住一起。毛泽东同志开始对我们解释第五次反"围剿"中，中央过去在军事领导上的错误，我很快地接受了他的意见，并且在政治局内开始了反对李德、博古的斗争，一直到遵义会议。[①]

----

    ① 中共中央党史资料征集委员会、中央档案馆：《遵义会议文献》，人民出版社，1985，第79页。

有人问张闻天："你为什么老跟着毛泽东跑？"

张闻天回答说："真理在谁手里，就跟谁走。"

1979 年 8 月 25 日，邓小平在张闻天追悼会上代表党中央所作的悼词中曾评价道：

1935 年 1 月，在我党具有重大历史意义的遵义会议上，张闻天同志根据中国革命实践的检验和自己的亲身体会，决然摒弃了王明的"左倾"路线，站到了毛泽东同志正确路线的一边，拥戴毛泽东同志对全党全军的领导，根据毛泽东同志的意见，做了批判"左倾"军事路线的报告。[1]

这是对张闻天在遵义会议上所起的作用的最好评价吧。革命家张闻天的磊落胸怀和坚持真理的勇气，令人钦佩。

九、刀靶水保卫战

遵义会议开到一半左右时，彭德怀就没有参加了。不是因为别的，而是因为敌人已过了乌江，打到红三军团第六师

---

[1] 《共和国日记》编委会：《共和国日记 1979》，河南人民出版社，2020，第 381 页。

刀靶水驻地，师长李天佑正害病，无法指挥反击。周恩来见状，马上把保卫遵义会议召开的这一战的指挥权郑重地交给了彭德怀。

彭德怀不负众望，为遵义会议的圆满召开作出了杰出的贡献，这就是萧华《长征组歌》中所唱的"雄师刀坝（靶）告大捷，工农踊跃当红军"。

《彭德怀自述》中这样写道：

一九三五年一月我第一次参加中央的会议——遵义会议。这次会议是在毛主席主持下进行的，清算了第五次反"围剿"以来错误的军事路线。我没有等会开完，大概开了一半就走了。因为三军团第六师摆在遵义以南之刀靶水，沿乌江警戒，遭蒋介石吴奇伟军的进攻，我即离席赶回前线指挥战斗去了。①

1935 年 1 月 16 日，黔军的三个团分别从乌江上游与黔西交界的偏岩河、隔流水、水边、丹心岩、白家渡向龙塘坝、刀靶水的红军发起攻击。正在参加遵义会议的彭德怀受周恩来之命，于 16 日下午离开会场返回刀靶水指挥作战，在南面御敌。当夜，驻守龙塘坝的红军边打边撤，翻过大坡

① 彭德怀：《彭德怀自述》，人民出版社，1981，第 195 页。

梁子，撤到刀靶水。为了与敌作战且不伤害刀靶水街上的老百姓，红军部署兵力在离刀靶水街上一二公里地的田脚坝，准备在田脚坝聚歼敌军。

田脚坝地势险要，山高林密，山下是一片开阔地，是歼灭敌人的有利地形。17日凌晨2时许，敌军从三个方向合围刀靶水，红三军团第五师在彭德怀、邓萍的指挥下，由新任师长彭雪枫率队从师部驻地小学后山坡下顺槽子到

图 / 刀靶水战斗陈列室

田脚坝围歼敌军。此次作战，在刀靶水街上牺牲了十五名红军战士。

敌军被引诱到田脚坝，钻进红军部署的"口袋"之中，埋伏的红军居高临下，与敌人激战，敌军死伤惨重，溃败逃离，红军随后追赶敌人经滚牛坡、苦寨田至艾田，然后调头向螺蛳堰（今播州区三合镇）方向转移。17日下午，黔敌柏辉章部天黑时在螺蛳堰与红军展开激战，四五个小时后，红军在儿童团团员的带领下，经新站、阁老坝转移到懒板凳（今播州区南白街道），后来又返回刀靶水，占领了该地。

当时在刀靶水敌军压境，形势十分危急。根据历史，我们可作如下推论：如果刀靶水阻击战失败，刀靶水失守，黔敌两个师可能撕开红军防御的口子，直逼遵义，打乱红军的战略部署，遵义会议也不可能那样从容召开直至会议圆满结束。因此，刀靶水阻击战，牵制了敌人，保证了遵义会议顺利召开。

刀靶水保卫战也是一次见证军民鱼水情深的战斗。早在1月10日，红三军团就在驻地刀靶水、螺蛳堰、杨方塘等地分别召集群众集会。在集会上，红军代表强调：中国劳苦大众要摆脱压迫、剥削，只有团结起来，与剥削、压迫我们的人斗争，才能翻身求得解放。红军在驻地还搭起戏台，宣传队在台上一边讲、一边唱和跳，宣传红军的主张和政策，启发广大农民群众。

刀靶水的各个革命政权组织，在红军的指导下，在部分地区实行了中华苏维埃共和国的土地政策，领导农村中少地、无地的农民开展分田地的斗争。没收了大批粮食、肥猪、被服、鸦片烟、大洋等。大洋、鸦片烟上交到红军的没收征发委员会。红军将一部分没收来的衣服、被单、布匹，用来改制军用衣、被，供部队军需，将其中一部分分发给穷苦老百姓；把大部分粮食、肥猪发给了当地老百姓。

十、红军"菩萨"

关于红军山上的红军卫生员雕塑的故事，版本众多，越传越神秘，而主旨未变，那就是红军爱护遵义人民，遵义人民拥护红军。

这一故事最早源于民间，1960年6月，由贵州人民出版社出版的《红军长征在贵州》将这一故事以文字的形式传播开来。

在遵义城北的小龙山上，有一座红军坟，每到清明时节，遵义的机关干部、厂矿职工、学校师生、街道群众都怀着无比尊敬的心来到小龙山为烈士扫墓、献花圈。平时共青团员们参加团日活动，少先队员野游等，小龙山上的红军坟是他们常选择的地方。到小龙山上开展活动，不是因为这里风景特别优美，而是因为这座红军坟有一段生动的故事，这个地方成了一个学习红军优良传统、对青少年进行革命教育的大讲堂。

1935 年，中央红军来到遵义的时候，驻守在桑木垭的一个连队中，有一个年轻的卫生员，他有一套高明的医疗技术，还有一颗全心全意为人民服务的赤子之心。当红军战友们忙着打土豪、打地主，给老百姓分粮食、衣物的时候，卫生员终日忙着给老百姓看病、送药。由于他耐心、细致、热情，经过他诊治的病人，无论其病情是轻还是重，都被医治好了。因此，红军卫生员医疗技术好的消息，越传越远，周围的农民都找他去看病，不管白天还是夜晚，刮风还是下雨，只要有人找他，他总是立即随着来的人去，一天忙得吃不好饭，觉也睡不安。

一天傍晚，有个十二三岁的小孩跑到连队里找卫生员，说他爸爸病了，其身体烫得像被火烧着一样，请卫生员赶快去为他爸爸看病。卫生员一听病人发高烧，立即报告给连长，便随着来人翻山越岭跑了几公里路，才到了病人的家。经他诊断，病人受了伤寒，发着高烧，病情非常严重，他立即给病人打了针，吃了药，已至深夜，应该返回桑木垭了，但是为了把病人从危险中抢救过来，他一直坐在病人身边观

图 / 红军坟

察病人的变化，以便随时予以治疗。

就在这天夜里，他们连突然接到上级的命令，要在拂晓前出发，但是卫生员还没有回来，怎么办呢？派人去找他吧，又不知道他去了什么寨子，几处查问也无结果，等了又等，还是不见他回来。出发时间到了，连长只好留下一张字条，让房子的主人刘大伯交给卫生员，叫卫生员沿着部队出发的路去追赶队伍。

天亮以后，还不见卫生员回来，老百姓都替他担心，红军队伍已经出发这么久了，他再不来怎能赶得上呢？红军一走，反动派就要来了，这对卫生员来说是非常危险的。因此，刘大伯和几个老农民到高坡上焦急地望着卫生员去帮人看病的方向，等了半天才看到他急急忙忙地赶来。刘大伯急忙迎上去，把连长留下的字条交给他。他看了字条后大吃一惊，遂向刘大伯等道别后，便快速地朝部队前进的方向跑去，刘大伯等还没来得及叮嘱卫生员要多加小心，他就一溜烟儿地不见了。

卫生员走了以后，几个老农民怕他出什么意外，仍然站在高坡上观察周围的动静。不久后，在卫生员去的方向，靠尹家屋基的后面传来一声枪响，这几个老农民突然紧张起来，猜测卫生员发生了不好的事情。约莫半顿饭的时间，忽见伪保长的几个"狗腿子"背着枪从尹家屋基走过来，知道事情不妙，等他们走以后，他们几个赶忙往枪响的方向跑去。走到桑木垭场口，果然看见卫生员躺在血泊里，他已经被那群刽子手杀害了。刘大伯他们看到这个情形，不由得伤心地流下了眼泪。卫生员给这里的很多贫苦老百姓医好了病，这次又是因为给老百姓治病而不能和部队一块走，才遭这帮伤天害理的禽兽的毒手。红军所做的一切都是为了老百姓，老百姓也得对得起红军。卫生员被杀害了，他的尸体可不能再遭践踏。在刘大伯的提议下，他们几个当天就把卫生员就地安葬了。

红军虽然离开遵义了，但是红军对穷人的好，却深深地印在老百姓的心里。红军北上抗日以后，反动派对老百姓进行疯狂的报复，对老百姓的剥削、压榨更是变本加厉，这就使老百姓更加想念红军，盼望红军了，特别是刘大伯和那些得到了粮食、衣物，红军替他们报仇雪恨的穷人。在那个黑暗的时代，人们盼不来红军，只好把希望寄托在红军坟了。老百姓有苦没处诉说，就到红军坟上来诉苦或吐露一下自己的心声。他们热爱红军，也热爱这座红军坟。

红军北上以后，遵义专区伪专员到团溪，路过桑木垭，看到了这座红军坟，他又惊又气，立刻把当地的伪保长找来，命令他们当天把坟挖掉。桑木垭和附近几个寨子的老百姓听到伪保长喊大家挖坟，又气又恨，在反动派的威逼下，只得勉强徒手往坟边走。一看大家既没带锄头，也没带撮箕，伪保长跺脚捶胸，大发脾气，伪保丁、"狗腿子"找来了锄头，老百姓谁也不肯动手。伪保长气急了，拿起锄头亲自动手挖，刚把他面前的一块石头撬动，上边的泥土、碎石"轰隆"一声塌了下来，把他的脚砸伤了。老百姓趁势一哄说："红军显灵了！"便向四面散开了。愚笨的伪保长满脑子都是封建迷信，见众人散去，心里更慌，也顾不得脚伤，跑回家了。

老百姓本来就盼望着红军坟显灵，自此以后，他们真的把红军坟当作神灵之处了。谁家有人出门未归，他家里人就会到红军坟来，求红军坟保佑其平安无事；谁家有人病了，也到红军坟上来许愿；甚至谁家没有生儿养女，也会来红军坟祈福。

不久后，伪专员又从红军坟旁边经过，他见红军坟比以前更大了，而且坟前还有香火，这使他更加吃惊，他觉得之前的伪保长不会办事，于是又命令伪保董去监督挖坟。刘大伯和桑木垭的很多老百姓再也忍不住了，他们拿着锄头和镰刀，愤怒地质问伪保董："你们为什么要和这个坟作对，红军坟能替我们免灾除病，你们要挖它，也就是和老百姓作对。"伪保董被问得无话可答，就恫吓老百姓说："谁敢反抗谁就是共产党，马上把他逮捕。"于是，伪保董督促他带来的保丁动手挖坟。那些保丁听说红军坟"灵验"，心里早就有些打怵，一个保丁一不小心被脱落的锄头砸到了脚，鲜血直流，他以为红军坟真的"显灵"了，心里更慌了，刘大伯他们乘机大喊："红军又显灵了，红军坟动不得！"吓得保丁浑身发抖，慌忙跪在坟前，磕头认错。

伪保董见老百姓躁动起来，甚是害怕，连忙向伪专员打报告，并请其派兵前来助威。兵来了，他的胆子也壮起来了，耀武扬威地叫兵丁、"狗腿子"挖坟。红军坟被挖了，但是老百姓并不就此作罢。

刘大伯对寨子里的老百姓说:"红军打土豪,分田地,样样都是为了我们穷人,卫生员也是为了老百姓牺牲的!我们不能眼看着红军坟被挖而放任不管,要想把坟再堆起来也并不难,我们每个人抓一把土,叠一块石头就行了。"大家都同意了他的建议,并且这个消息很快传遍附近各个村寨。从此,不管是下地干活,还是赶场和走亲戚,只要他们从红军坟旁过,都会带些泥土和石头往红军坟上垒。就这样,红军坟又堆起来了,而且比以前更坚固。遵义解放了,劳动人民苦难、忧愁的日子一去永不复返,为了便于人们瞻望红军坟,悼念为百姓牺牲的红军卫生员,现在已将红军坟迁入遵义红军烈士陵园。

在《红军长征在贵州》出版三十四年后的1994年,才由老红军钟有煌考证并发表文章于《团结报》,确认红军卫生员(即"红军菩萨")的原型是广西籍红军龙思泉。

图 /"小红"塑像

十一、老红军李光：奉献一生成就真心英雄

李光在遵义家喻户晓，大家亲切地称他为"李光老红军"。人们敬重他，不仅仅因为他有着光荣的革命生涯，还因为他多年坚持捐资助学的义举。李光用一生诠释着一个老红军、一位共产党员对革命事业的忠诚，对社会、对人民的爱。

1920年8月出生在遵义的李光，从小失去父母成了孤儿，八岁在遵义县团溪镇为地主家放牛，吃不饱、穿不暖。1934年，红军突破乌江天险，进驻遵义城。在招兵处，李光决定参军。年仅十四岁的他想法很简单：这支军队不欺负老百姓，能够吃饱饭。

从此，部队就是他的家，战场就是他的大学，爬雪山过草地披荆斩棘，经历枪林弹雨出生入死。

1934年12月，李光同志加入中国工农红军第一方面军五军团三十七团七连后，随红军长征到达陕北，先后担任八路军总司令部勤务员、通信营总机班班长、八路军第一二九师第三八六旅第十七团政治处干事、侦察参谋、连长、副营长等职务。在艰难的长征途中，李光亲眼看见了一批又一批红军战士牺牲在草地上。在这条"死亡线"上行走，是他永远不能忘怀的，党员、团员往往把他们最后一口救命粮给年老体弱的人吃，给伤病员吃……李光说：

图 / 老红军李光

"面对他们，我们有什么理由不去努力工作，有什么理由去追逐个人那点小利益？"

1936 年至 1937 年，李光先后担任红军前方总司令部勤务员、通信营营部班长。他时常回忆道："总司令部每到一个地方住下后，朱德、彭德怀等都会询问房东的近况，帮老百姓干活，有时候他们还拿着扫帚和警卫员、勤务员一起打扫院坝。"在李光的记忆里，老一辈革命家平易近人，无官架子，时时事事都关心体贴着战士和百姓。

解放战争时期，李光任中国人民解放军第一野战军六十军教导团营长；1950 年 10 月任遵义军分区武装部副部长；1952 年 6 月起先后任原遵义市劳动局局长、城建局局长、园林管理所所长；1980 年 4 月起先后任原遵义市城建局副局长、遵义市政协副主席；直至 1985 年 5 月离休。在红军长征、抗日战争和解放战争中，李光先后荣获三级红星功勋荣誉勋章、三级解放勋章、三级独立自由勋章。

抗战期间，上级夜间下达"拂晓出发"的指示，作为营长的他不懂"拂晓"的意思，文书又不在，结果到第二天天大亮才出发，导致所在部队遭受损失。这成为李光一生中最沉痛的教训。李光说："我自己没文化，不能让下一代再吃这个亏。"

1994年底，在一次赴遵义农村小学的捐款活动中，当地艰苦的办学条件让李光心情无法平静。他不顾自己年老多病，一次次跋山涉水，深入贫困乡村，调查了解农村学校和适龄儿童的入学情况。他把平时省吃俭用的钱，先后捐献给了十多所中小学。他一生没有留给子孙太多财富，而是毫不犹豫地拿出六十余万元积蓄，资助了一千七百多名贫困学生，帮他们实现上学梦。

战争就是课堂，革命就是熔炉。从最初"只想吃饱饭"的想法到树立"要为共产主义奉献终生"的坚定信念，李光的人生在蜕变："为了人民、经历生死，才能懂得战斗的意义。"理想信念的力量是强大的，李光有切身体会，强大到战斗时自己用右手去堵枪眼而不觉痛，落下残疾也无怨无悔。"比起牺牲了的战友，我做得还不够。"李光说，他要把逝去的战友们的故事和精神讲出来、传开去。

　　李光始终坚持传承红色文化，宣讲革命故事，守望和呵护未来的希望。几十年来，他义务开展爱国主义教育讲座一千余场，受教育人数达数十万。2001 年起，李光先后被确诊患直肠癌、重症胰腺炎、皮肤癌，经常要去医院接受治疗。但他一如既往地在学校、部队、工厂、企事业单位以及青少年改造场所作义务宣讲报告。李光以舍小家利大家、增强民生福祉的实际行动，谱写了一曲曲大爱无言的奉献之歌。

　　2019 年 1 月 12 日，中国共产党优秀党员、老红军李光同志，因病医治无效在遵义逝世，享年 99 岁。

图 / 遵义会议会址

遵义会议会址

李发模

在遵义，1935 丈量的二万五千里

在那时，中国革命的里程

在一方会议桌上

铺开共和国的面积

现在叫"遵义会址"

一栋小楼，扩容热血的疆土

"转折"从此"转运"

历经磨难的中国革命

推举出了毛泽东

实践更靠近真理

遵义红楼靠天安门城楼很近

贴人心更亲，民生的红光满面

飘扬着锤头和镰刀的旗帜

《一杯酱香醉山河》
作词：安予衡
作曲：猿阵先生
演唱：孙吟

《遵义红》
作词：张超
作曲：张超
演唱：王江

遵义市旅游精品线路（二）

线路名称：

红色圣地　人文之旅

线路简介：

沿着红色脉络，探寻长征路上鲜活生动的故事，在桐梓"网红"街品地道美食，探秘亚洲第一长洞十二背后，触摸海龙屯斑驳的城墙，在黔北"江南水乡"沉沉睡去。

线路安排：

红军山—遵义会议会址—捞沙巷—民主路步行街—红军街—遵义·1935街区—苟坝会议会址—桐梓"网红"街—娄山关—十二背后—海龙屯—乌江寨

一路美宿：

遵义宾馆、遵义新城大酒店、遵义创元千禧大酒店、遵义贵州饭店、双河客栈、颐方竹度假酒店、传奇星空营地等。

"红色圣地　人文之旅"示意图

图 / 娄山关战斗纪念碑

第一节　史料

中央红军长征时两次攻打娄山关，都是险中获胜。

第一次娄山关战斗，于 1935 年 1 月 9 日打响，为保卫遵义城安全，为保障遵义会议的顺利召开而战。1 月 9 日拂晓，红一军团二师四团在团长耿飚、政委杨成武的带领下，采取一营正面主攻，二营隐蔽地从小道迂回的战术。红军与

图／全山石的油画《娄山关》

图 / 娄山关摩崖石刻

敌军激战三小时，一鼓作气拿下了娄山关。

第二次娄山关战斗于 1935 年 2 月 25 日打响。红军于 24 日占领桐梓，黔军慌忙抽调得力部队向娄山关增援，国民党中央军的两个师也从贵阳、黔西向遵义开进。毛泽东等中央领导审时度势，决心以速决战来重点解决黔军娄山关守敌问题，再与国民党中央军激战于红花岗、老鸦山。

红军把占领娄山关作为"赤化"黔北的关键一仗，把主攻任务交给善打硬仗、攻坚战的红三军团。红三军团又把正面主攻任务交给红十三团，团长为文武双全的战将彭雪枫。红十三团于 25 日 13 时，在红花园击退了黔军一旅六团，敌人退守娄山关，负隅顽抗。25 日夜，红十三团顽强地与敌在正面战场激战，寸寸争夺，步步前行，而彭德怀又采取左右迂回包抄的战术，直奔敌后，形成前后夹击之势，围歼娄山关之敌。

26 日，红十三团在彭雪枫的率领下，猛攻娄山关的制高点——点金山。敌军利用居高临下的有利地形，据险顽抗。红军第二梯队上关后，彭德怀立即命令红十二团接替红十三团阵地，红十三团和其他部队乘胜向南追击溃逃之敌。这时，红军的迂回部队也先后拿下了黑神庙、板桥等地，红军经过一天一夜的激战，一举攻克了娄山关，打乱了黔军的指挥，黔军陷入一片混乱之中，纷纷夺路逃窜，红军完全控制了娄山关至板桥一线，敲开了遵义城的北大门。

图 / 娄山晨曦

第二节　故事

一、生死攸关的小道

《中国共产党交通大战略》一书中写道：

> 强渡乌江成功后，一座大山横挡在红军面前，这就是娄山关。娄山关位于大娄山脉的中段，海拔1400多米。周围崇山叠嶂，峰峦如削。关口中间有一条十步一拐、八步一弯的汽车路，是黔北到四川的唯一通道，历来为兵家必争之地。[①]

此时，黔军侯之担部全部集中在娄山关，企图凭关据险，阻止中央红军北进。红一军团二师四团团长耿飚和政委

---

① 钱俊君、蒋响元：《中国共产党交通大战略》，当代中国出版社，2011，第44、45页。

杨成武经过观察和分析后认为，敌人占"地利"优势，若从正面死攻硬拼，不仅要付出重大伤亡的代价，还会拖延时间。眼下如能找到一条小道，迂回到敌人侧后方最为理想。

红军问了当地的几位老人，他们说，娄山关东面原先有一条小路，可以绕到桐梓县，但这条路比走公路要远几公里，而且乱石遍地，很不好走。自从有了公路以后，已经好多年没人走了，不知现在还通不通、能不能走。这是一个重大的收获。事不宜迟，耿飚和杨成武迅速作出决定，即于1935年1月9日拂晓进攻娄山关。具体部署是：一营为前队，担任正面进攻；二营为第二梯队，集结于山脚待命；同时命令通讯主任潘峰带领着侦察队和工兵排向右侧山峰隐蔽运动，寻觅那条早已废弃的小道，向敌后前进。此时，耿飚和杨成武最担心的还是潘峰，因为那条小道至今还是个未知数，而这条路对整个战斗的胜负又至关重要。

那么，是谁找到了这条小路呢？这条小路，经大沟、小箐，直插娄山关东侧。红军走娄山关小道的向导是板桥镇的周俊华，红军过娄山关大道的向导是黑神庙的葛云清。

1935年1月7日下午，红一军团二师四团进占板桥，准备夺取娄山关。团司令部通讯主任潘峰，一到板桥就去群众中调查了解娄山关的具体情况。板桥镇的居民不仅向他介绍了娄山关西面是悬崖峭壁，东面是崇山峻岭，中通一道狭

图／娄山关关隘

窄隘口的险要情况，还向他提供了一条重要线索：从娄山关南面通往桐梓县城，除了一条公路外，还有一条羊肠小道可绕到桐梓。这条羊肠小道，从娄山关的东侧通过。潘峰获得这条线索后，非常高兴。潘峰想，如果走这条小道绕到娄山关的侧后方去攻打敌人，就可大大减少红军的伤亡。于是，他把这一重要情报向团长报告了，并在板桥镇街上找到了既熟悉娄山关东侧小道的情况、又热心为红军办事的周俊华，请他当娄山关小道的向导。

当天夜里，正面主攻部队沿公路悄悄开到娄山关脚下，进入前沿阵地。迂回部队由团侦察排、一个步兵连和师部侦察连组成，有两百多人，由团参谋长李英华率领，团司令部通讯主任潘峰协助，在向导周俊华的带领下，提前出动，直往娄山关守敌的侧后方行进。天还没亮，这支迂回部队就神不知鬼不觉地攀上了娄山关东侧的顶峰，占领了关口东侧的制高点——点金山。预定的作战时间到了，迂回部队的三颗信号弹腾空而起，划破了娄山上沉寂的夜空。紧接着，战士们的手榴弹连续不断地向娄山关口投掷，轻重机枪同时向关口守敌射去。敌人做梦也没有想到，红军竟会利用黑夜，利用崎岖难行的羊肠小道，进到侧后方，使其遭到前后夹击。

周俊华在完成了红军交给的任务后，即沿原路返回板桥镇。在他返回时，红军送给他几枚银币作为报酬，周俊华去世后，其老伴还精心保存着红军送给周俊华的其中一枚银币。

二、牵牛宰猪

"牵牛宰猪"是中央红军长征二战娄山关的完整故事。"牛"指川军，"猪"为黔军，为了占领娄山关、"宰"黔军，必须先把跟在红军后面的"牛"牵走，不让他们前来助战，避免使红军腹背受敌。

红三十七团政委张南生在其回忆录中提到了这件事：

我到三十七团不久，我们团便担任后卫。一天，走到官渡河东二十余里时，军团的宣传领导张际春同志带着一部电台来到了我们团。

当时，正当我军西出威信，察觉四川敌人在长江南岸布防，形势对我不利，毛主席指挥全军以机动果敢的行动，迅速回师桐梓摆脱敌人。张际春同志来到后，传达了军委要我们停止前进，准备战斗的命令。两天来我们并未发现敌踪，忽然听到这个命令，不免有些奇怪。从他还带来了一部电台这点上，大家已料到可能又要单独执行任务。果然，他把我们几个团的负责干部叫到一起，满怀信心地说："三十七团打防御是有名的，很顽强。这次是配合主力重占桐梓、娄山关，回师遵义。敌人不来则罢，若来一定不善。任务很艰巨，军委指示我们以运动防御的手段，把敌人顶住三天或更多的时间。从现在起我们直接受军委指挥……"

…… ……

经过研究，我们决定折回官渡河村。那里的地形好，两侧是高山峻岭，前有一道小河，且又是追敌必经之路，在那里抗击一天，再一步步按军委指示的方向，把敌人吸引向良村、温水去。

我们边走边动员。战士们一听有仗打，又是用大家熟悉的打法，情绪高得很。有的指着路旁的山头说："这里山大坡陡，哪个地方顶不住敌人一天？"有的说："我们不怕打防御，就怕敌人不敢来。上级叫我们守多少天，就守多少天。"

到官渡河后，我们立刻挖野战工事。直到第二天清早，四川军阀刘湘的主力——装备优良的教导师才匆匆赶来。一打响，敌人就以四、五路向我展开猛攻。坚守在前沿的指战员都沉着应战，每次敌人进攻都要丢下数十具尸体。第一天，敌人就伤亡百余人，前进了不到几里路。我团除消耗了一些弹药，人员伤亡很少。傍晚，敌人分两路向两侧高山上爬，企图迂回到我团侧后。而我们却在夜色的掩护下安全后撤十余里，边挖野战工事边搞饭吃。挖好了工事吃饱了饭，在阵地上放好哨，全团便稳稳当当地睡起觉来，准备迎接明天的战斗。

…… ……

第五天天刚亮，敌人又赶上了我们。白天经过一天鏖战，夜间我们又派出一支小部队袭入良村。

良村是一个二三里长的大镇，敌人驻得满满的。我们派出的这支小部队半夜偷袭到村子中间，向两边敌人投了几颗手榴弹。当睡梦中的敌人被惊醒互相对射起来的时候，我已乘机迅速撤出了村子。敌人把机枪、步枪、手榴弹全使上了，越打越紧，整整打了一夜，直到天亮，才知道是自家人打了自家人。这支小部队翌日赶上了队伍，向我们有声有色地说起敌人混战的情形，引得周围的战士都拍掌大笑。

第六天，被我军夜袭激怒了的敌人，在温水拼命向我军阵地猛冲，而我们打得也更顽强。直到这时候，敌人才搞清楚，六天来与他们周旋的仅只我们一个团。他们知道上了大当，不得不从原路退回去追赶我军主力。但是已经晚了。就在这几天中，我军主力在娄山关和遵义歼灭了敌人好几个师。①

起初，中革军委给红三十七团的任务是"牵牛"三天，保证进攻娄山关的部队打下娄山关。红三十七团不仅牵制了敌人的九个团，而且还顶了六天，超额完成任务，得到了中革军委的表扬。这种科学的应变策略，只有在以毛泽东为核心的党中央领导下才能实现，要是李德指挥，那就是另外一回事了。

---

① 聂荣臻等：《伟大的转折：遵义会议五十周年回忆录专辑》，贵州人民出版社，1984，第248—250页。

三、传令兵刘志林

1935 年 2 月，红军部队在扎西整编，红四师的番号被撤销，张宗逊师长改任第十团团长，杨勇任团政委，师宣传队被编入红十团，钟明彪仍任宣传队队长。

在娄山关战斗中，国民党军出动几个团的兵力，妄图将红军消灭在娄山关下。在战斗的关键时刻，钟明彪带领宣传队随彭德怀、杨尚昆等首长到了前线指挥所，开展战场宣传及鼓舞士气的工作。战斗越来越激烈，可是，派出去的侦察员还没有回来，彭德怀在指挥所来回踱着步。指挥所的人，引颈而望，非常着急。这时，钟明彪突然看到敌人枪响的方向的山脚下跑过来一个小个子，他右手捂着肚子、弯着腰，虽然十分吃力，但速度还算快。他边跑边向指挥所招手，像有紧急事要说。钟明彪见状，快步迎了上去，当两人走近时，钟明彪一眼就认出，来人是传令兵刘志林："啊！刘志林啊？"刘志林离钟明彪还有一两步远，便一头栽进钟明彪的怀里，急促、吃力地说："快去报告，十团先头部队冲上娄山关主峰后，现被敌人反扑了下来了，有点顶不住了，快派部队增援……"后来，刘志林再也说不出话了。

图 / 娄山关景区雕塑

钟明彪听懂了他前面说的话，完全明白了他跑步回来是为了报告阵地的危急情况。军情十万火急，敌人要是反扑得逞，会影响整个战局，钟明彪立即向彭德怀作了报告。彭德怀听了报告后，下令干部团增援，要求他们必须拿下并守住娄山关。

钟明彪向彭德怀报告后，返回来找刘志林时却不见他的踪影。钟明彪看到刚才他和刘志林站过的地上有血，便一路寻着血迹找去，在一棵大树下找到了刘志林。刘志林躺在树下，蜷缩着身子，手仍捂着肚子。钟明彪连叫几声，见刘志林没有反应，便立即扑上前去扶刘志林，才发现他已经牺牲了。钟明彪将刘志林捂着肚子的手掰开："哎呀！肠子都溢出来了。"钟明彪边说边抱起刘志林，泪如泉涌，心似刀割。

钟明彪和刘志林是老乡，他们在家乡湖南平江一起参加过农民赤卫队，一起为地下党人送过信，一起扛梭镖为红色政权站岗放哨，一起参加红军，一起当传令兵，两人亲如弟兄。眼下，刘志林却先走了，走得如此突然，走得如此悲壮！钟明彪想起这些，捶胸顿足，悲不自胜，涕泣如雨下。

钟明彪轻轻地把刘志林的肠子塞回肚子里，明白他是用尽最后一口气完成了传令兵的使命。娄山关战斗中，刘志林这种不怕牺牲，忠于职守的精神，一直鼓舞着钟明彪。

四、独腿将军钟赤兵

凡是战争，必有伤亡，为了伟大的革命事业，许多人奉献了自己的一生。

在众多开国将领中，有一位独腿将军，他就是截肢三次，单腿走完长征，被毛泽东同志多次表扬的战士——钟赤兵。

钟赤兵原名钟志禄。1914年，钟赤兵出生于湖南省平江县的一个贫困家庭。他的家庭虽然贫困，但是一家人的生活也算得上其乐融融。在钟赤兵五岁的时候，父亲永远地离开了他和他的母亲。

父亲去世后，生活的重担全部压在母亲的身上。在钟赤兵母子二人被生活压得喘不过气的时候，幸运降临在他们的身上。

原来，他们的邻居得知钟赤兵的家庭情况，决定出手相助，钟赤兵成功进入学校读书。当机会来之不易时，人会更加珍惜。在学校学习期间，钟赤兵认真学习，他的能力和思想都得到了进一步的提升。

毕业后，钟赤兵成为众多手工业工人中的一员。工作期间，他勤勤恳恳，虽然生活平淡，但他的心底却埋藏着一个伟大的愿望，那就是加入红军。

1930年，彭德怀率领军队来到了钟赤兵的家乡，钟赤兵得知红军在招兵，他毫不犹豫地报名参加了红军队伍。登记的红军战士问他叫什么名字，他猛然想起"禄"字带有封建意味，为了不让登记的红军战士误会，他大声地回答道："我叫钟赤兵。"就这样，十六岁的钟赤兵开启了新的传奇人生。

在加入红军部队后，钟赤兵表现得十分勇敢。因为钟赤兵的勇敢，他在加入红军的第一年便成了一名中国共产党。

1935 年 2 月，为了最大发挥"运动战"的作用，原红三军团的四个师缩编为四个团，钟赤兵担任了第十二团的团政委。

当时，红军面临的最大问题就是川、滇两军的围堵阻拦，为了摆脱困境，毛泽东等人商议后，决定以退为进，先假装后退，待敌人放松后，再夺取娄山关、遵义城，将敌人打个措手不及。

此后，彭德怀派出红十三团作为攻打娄山关的主力。由于娄山关地理位置十分重要，敌人早有准备。敌军在娄山关驻守的军队是黔军二十五军，该队伍由王家烈带领，和之前的"双枪兵"的战斗力大有不同。

敌人再厉害，都不能退缩，一旦退缩，将造成更大的伤亡。在红十三团战斗较为吃力的时候，彭德怀派出了钟赤兵所在的红十二团增援。在出发前，彭德怀对钟赤兵说："务必于 2 月 26 日拂晓前赶到娄山关口，接替第十三团，中路正面突破，拿下娄山关南坡！"听了彭德怀的话，钟赤兵心里明白，这次支援只能成功，不能失败。

为了能在 26 日前顺利赶到娄山关，钟赤兵带着部队连夜赶路。在钟赤兵和部队紧急赶路的时候，敌军发起反扑，红军丢失了阵地。当钟赤兵等人到达娄山关口，知道此情况时，他义无反顾地带领自己的队伍向前冲锋。

当时的天气条件极其不好，无法看清十米开外的事物。红军不会被糟糕的境况吓退，反而会在困境中愈战愈勇。在别人因天气不好而处处受限时，钟赤兵带领队伍在娄山关口迎着炮弹向前。一个人的勇气或许只能改变一些情况，但一群人的勇气能改变一切。最终，红军抢回了阵地，拿下了娄山关南坡。

娄山关南坡被红军夺取后，王家烈十分愤怒，遂派出了自己的精英部队。面对敌人的轻重机枪，钟赤兵带领的红十二团一时无法应对，只能用手榴弹将敌人暂时困住。这场战斗是一场攻坚战，更是一场消耗战。随着战斗时间的延长，敌军虽然无法前进，但是他们的弹药也消耗殆尽了，当敌军再次发起反扑的时候，钟赤兵看着所剩无几的弹药大声喊道："上刺刀！取马刀！"

当敌人靠近时，看到红军战士们都无惧生死，敌军就知道他们必输无疑。不久，敌人被杀得四处逃窜。在众人正开心时，钟赤兵一下子跪在了地上，原来敌军的子弹射中了他的腿部，枪伤往往会夺人性命，在众人为钟赤兵担忧的时候，他却只是简单地包扎了一下，又投身于战斗之中。看着这样的钟赤兵，红军战士们动容了，变得越发英勇。

这场战斗从拂晓持续到傍晚，在红军战士们的努力下，阵地没有被敌人抢走。攻坚战虽然赢了，但钟赤兵因为失血过多而昏迷了许久。当钟赤兵醒来，知道娄山关依然在红军手里没有被夺走，他笑了。

钟赤兵清醒后，被战友护送到了野战医院。经医生检查，由于没有及时就医，钟赤兵的小腿损伤严重，必须截肢。在当时，局势还没有稳定，医疗条件十分有限，如果进行截肢的话，没有麻药，工具只有砍柴刀和木匠锯。手术持续了将近四个小时，在这段时间，钟赤兵几次昏死，几次醒来。战士们无法想象钟赤兵所承受的疼痛，但十分佩服钟赤兵坚韧的性格。据参与此次钟赤兵截肢手术的护士马湘花回忆说："钟赤兵的坚强意志让人感动，他是我见过最强硬的汉子。"

手术结束后，钟赤兵看着仅剩的一条腿，难过地说道："没有了右腿，以后我怎么上战场啊！"钟赤兵的经历着实让人难过，而这只是磨难的开始。

几天后，因为没有药物消毒及南方湿润的梅雨天气，钟赤兵的伤口感染发炎了，这次伤口感染将钟赤兵送到了死神的门口。伤口感染后，钟赤兵高烧多日，昏迷不醒。偶尔醒来的时候，嘴里还喊着"冲呀！杀呀！"

彭德怀得知钟赤兵的身体情况变得更加糟糕时,十分担忧,专门来医院看望他。看着昏迷在病床上的钟赤兵,彭德怀对医生说:"一定要想尽办法救活钟赤兵!"

对于英雄,没有人不尊敬,没有人不希望他能好好的。为了将钟赤兵从鬼门关拉回来,医生决定再次进行截肢手术,将感染的部分全部切除,以此来保住钟赤兵的性命。

英雄要面临的磨难似乎总比常人多一些,然而第二次截肢仍没有将钟赤兵从鬼门关拉出来。为了保住钟赤兵的生命,医生决定进行第三次截肢手术,最终将钟赤兵的右腿全部截去。

在第三次截肢完成后,钟赤兵总算保住了性命。半个月截肢三次的痛苦,着实是常人所不能忍受的。在钟赤兵遭遇苦难的时候,红军部队没有时间等待他归队,因为还要继续长征。

最初,因钟赤兵的身体状况,部队决定将钟赤兵安排在当地老百姓家里养伤。当钟赤兵得知自己与长征无缘时,心中十分不甘。彭德怀去看望钟赤兵的时候,他对彭德怀说:"我一定要随部队一起,就算是爬,我也要跟着部队。"面对钟赤兵的请求,彭德怀明白这是一名红军战士的坚持。

图 / 钟赤兵（右）

在彭德怀为难之际，毛泽东听到了这个消息，毛泽东对周恩来说道："钟赤兵很能打仗，是有战功的，怎么能把他丢下不管呢？就是抬也要把他抬着北上。"[1]听闻毛泽

---

[1]　薛春德、刘心明：《战神战伤传奇》，中国档案出版社，1997，第152页。

东的话，周恩来马上对身边的人说："绝不能把钟赤兵丢在老乡家里不管。让他到中央卫生部休养连去，让人抬着他北上。"

命令一层层往下传，钟赤兵得知这个消息的时候，高兴得哭了。当时，中央休养连是一支特殊的部队，其中多数是体力差的领导同志及其家属，或是像钟赤兵一样的负伤战士。

战争年代，吃、穿、用皆是问题。1935 年 8 月，钟赤兵所在的部队出发了。由于食物匮乏且路途遥远，他们必须对食物进行分配和计划每天行进的路程。在草地上行进的时候，钟赤兵多数时间被战士们抬着，但爬雪山的时候，他会忍着疼痛，挂着双拐一步一步地前进。如果无法站稳，他会放下双拐，爬着走。据与钟赤兵同行的战友回忆，钟赤兵过雪山的时候没让人抬，他一点一点慢慢爬，有时还从高处滚下来。钟赤兵的腿虽然残疾了，但是他的意志却无比坚强。

长征途中，钟赤兵常常会将自己的食物分给帮自己抬担架的战士。对此，他常说："我只有一条腿，全靠他们抬着我走，他们不吃饱，怎能抬得动我，我躺着，饿点儿没什么。"

红军队伍长征经过藏族聚居区，这里经常会有反动武装对红军进行偷袭，为了减少反动军偷袭事件的发生，只能疏散队伍，隐蔽前进。钟赤兵不愧是英雄，为了不暴露队友，他坚决脱离担架，步行通过该地区。当时钟赤兵的伤口并没有愈合，每走一步，他的伤口都会剧烈地疼痛。尽管如此，他还是扛了过去，安全抵达陕北地区，单腿走完了长征。

五、《忆秦娥·娄山关》

西风烈，长空雁叫霜晨月。霜晨月，马蹄声碎，喇叭声咽。雄关漫道真如铁，而今迈步从头越。从头越，苍山如海，残阳如血。

这是遵义会议胜利召开、毛泽东重返领导岗位后，填写的第一首词，也是毛泽东指挥红军取得长征以来首次大胜——娄山关大捷的抒情之作。在遵义，作为伟大的无产阶级革命军事家，毛泽东挥就了四渡赤水的"得意之笔"；作为伟大的革命诗人，他在娄山关书写下了"颇为成功"之作。

1935年2月，当毛泽东登上娄山关，此时西风正烈，"霜晨月，马蹄声碎，喇叭声咽"。一个"碎"字，表现了战士行军之疾及军纪之严；一个"咽"字，凸显红军冲锋速度之快、激战之久，军号的簧片都吹变形了，声音都变得低沉了。"雄关漫道真如铁，而今迈步从头越"，透过这句词，仿佛可以听到毛泽东在和红军将士交谈：再也不要说哪座雄关是铁打的了。娄山关大捷之后，红军士气为之一变，变得

图 / 《忆秦娥·娄山关》诗词碑

愉悦、豪迈、自信。"从头越，苍山如海，残阳如血"，山海无垠、红日西沉的壮丽景象，诗人喜悦、坚定的情感跃然纸上。仅仅四十六个字，从早到晚、从天到地的时空转换，抒写了行军、激战、夺关的大场景，这是诗人无所畏惧的革命英雄主义的激情迸发，也是诗人革命浪漫主义的情感抒怀。

遵义会议结束后，红军计划北渡长江与红四方面军会合，由于国民党以重兵阻击而未能实现，中革军委决定再次回师东进，二渡赤水，重占娄山，再占遵义城。娄山关万峰插天，山路崎岖，易守难攻。1935 年 2 月 25 日，面对娄山关上的国民党守军，红军四个主力团分兵出击，经过昼夜激战。在胜利攻取娄山关之后，乘胜追击，重占遵义城，击溃歼灭国民党军两个师又八个团，俘敌三千，取得了中央红军长征以来的第一个重大胜利。

当年的战火硝烟已然远去，但回望中国共产党的百年奋斗史，不知有多少壮怀激烈的牺牲，多少上下求索的追寻，中央红军在三百多天的长征路上，平均每天就有一场遭遇战；每前进三百米就有一名红军战士牺牲，新中国成立时，有名可查的烈士就达三百七十万。革命道路上，中国共产党为什么面对一座座"雄关"都能迈步"从头越"，就是因为在任何挫折困境和艰难险阻面前，始终都不怕牺牲、英勇斗争，以必胜的坚定的信念，一往无前地践行初心使命。

"雄关漫道真如铁，而今迈步从头越。"或许，我们在以豪迈之意来解读此佳句的同时，也要注意到它包含着的对长征前程的沉重思考和笃定信念。

图 ／ 4A 级旅游景区——桐梓县杉坪旅游区

娄山关

李发模

脊梁是逶迤的大娄山脉

头是昆仑

两臂是赤水河与大乌江

脚板是山海

我是说躺卧的时候

站起来呢

上身在云中，下身在山里

心上有一座红楼

血缘连通长征路

日月观察

身心是雄关的化身

娄山带有刀痕和枪伤

刀痕是"不怕远征难"

枪伤结疤

还闻"雁叫霜晨月"

娄山人也名娄山关

奔关口外远方，人与山

肩上都有"从头越"

《欢迎你到茶乡来》
作词：齐天云、王世宽
作曲：杜兴成
演唱：宋祖英

《老城记》
作词：郑大钊
作曲：胡翔
演唱：胡翔

遵义市旅游精品线路推荐（三）

线路名称：

洞林山水　避暑之旅

线路简介：

洞奇、林翠、山青、水秀，远离酷暑，在富含负氧离子的山中沐浴北纬二十七度的阳光，既有凉爽，亦有康养。

线路安排：

杉坪花海—小西湖—云上九坝—尧龙山—水银河大峡谷—九道水—桃花源记—十二背后（双河溶洞、清溪峡）—红果树—双门峡

一路美宿：

颐方竹度假酒店、水车坝民宿、桃花源记、九道水度假酒店、双河客栈等。

"洞林山水　避暑之旅"示意图

第四章

四渡赤水出奇兵

图 / 红军四渡赤水纪念塔

第一节　史料

　　遵义会议后，中央红军为了摆脱几十万敌军的围追堵截，在以毛泽东为主要代表的中共中央和中革军委的领导下，来回四次渡过川黔滇边的赤水河，一渡赤水，扎西集结；二渡赤水，再占遵义；三渡赤水，全军佯动；四渡赤水，南渡乌江；之后佯攻贵阳，西进云南，巧渡金沙江。红军于 1935 年 5 月 9 日从皎平渡渡过金沙江，从战略上完全跳出了敌重兵的包围圈，取得了战略转移中具有决定意义的胜利。

　　四渡赤水在红军长征史中是极为辉煌的一页，既是一场极具胆略和勇气的军事行动，也是一首行云流水般的战争诗篇。在几十万国民党军的围追堵截中，毛泽东指挥三万多红军驰骋数千里，在川黔滇的崇山峻岭中，走中有打，打中有走，退中有进，进中有退，声东击西，忽南忽北，奇正圆合，虚实相交，迭出奇兵，吊打敌人，大范围地迂回往来，如入无人之境，歼敌一万八千余人，击落敌机一架，缴枪数千支，摆脱了敌人的围追堵截，创造了中外战争史上的奇迹。

四渡赤水战役的胜利，使红军彻底扭转了长征初期的被动局面，开始牢牢地把握住了战略转移的主动权。国民党军的高级将领们哀叹："共军转个弯，我们跑断腿"，"佯为东窜之图，实做西窥之计"。红军忽进忽退，一再回旋，使国民党军迷离、徜徉，摸不着其企图之所在。滇军称红军是"曲线动作"，川军说红军在画"太极图形"，黔军称红军实行"磨盘战术"，在川黔滇边来去自由，如入无人之境。

图 / 四渡赤水纪念馆

蒋介石不得不承认自己的失败，1935年4月8日，在红军突破他的几十万大军的围追堵截后，他恨恨地说：

> 我们有这许多军队来围剿，却任他东逃西窜，好像和我们军队玩弄一般，这实在是我们最可耻的事情！比方这一次他由乌江北岸南窜，虽然我们的军队没有受到什么损失，但是任他偷过乌江，以致失了最好的机会而不能将他剿灭；将来战史上评论起来，这就是我们最大的失败！①

四渡赤水，是毛泽东军事生涯中最富传奇色彩的篇章，被他称作一生的"得意之笔"。1960年，英国陆军元帅蒙哥马利在访问中国时，盛赞毛泽东指挥的辽沈、淮海、平津三大战役可以与世界历史上任何伟大的战役相媲美，毛泽东却说："四渡赤水才是我的得意之笔。"

---

① 转引自古越：《毛泽东与朱德》，四川人民出版社，2021，第192—193页。

第二节　故事

一、红军激战青杠坡

　　遵义会议之后，红军十分需要一场振奋军心的胜利，机会终于来了，川军郭勋祺从中央纵队后十公里处追来。经中央考虑，红军先机占尽，可以打掉尾追之敌。

图 / 习水青杠坡红军烈士陵园

然而，情况并非如此，现实战况胶着，胜负难料，这场战斗成了一场消耗战。

郭勋祺部凭借有利地形顽抗，为争夺青杠坡的银盆顶、寒棚坳等制高点，红军奋力拼搏，往复冲杀。红军总司令朱德和总参谋长刘伯承分赴红三、红五军团前线指挥作战，极大地鼓舞了指战员的士气。

1935 年 1 月 28 日 12 时，彭德怀、杨尚昆向前线部队发出通告："当面之川敌教导师，除一部本日被我击溃外，主力仍与我对峙中。"经三小时左右的奋战，红军将郭旅的阵地突破。郭旅开始动摇，令其预备队投入战斗。中午，川敌廖泽旅先头团至郭旅阵地并加入正面战场。双方的战斗异常激烈，红五军团的阵地被突破，伤亡甚大。川军抢占制高点后，步步向土城进逼，一直进至镇东白马山红军军委指挥部前沿。白马山后即赤水河，红军如不能阻止敌人的进攻，势必陷于背水作战的危险境地。

索尔兹伯里在他的著作《长征——前所未闻的故事》中记述了土城青杠坡战斗的情况：

一月二十八日拂晓，三军团发起攻击。毛在位于土城以东数英里的青杠坡村建立了指挥所。指挥所设在村外的小山顶上，视野广阔，几乎可以环视四周三百六十度。按照以往的惯例，这类战斗通常只需几个小时。五军团这时已摆开了速战速决的阵势，准备全歼"双枪"兵。

不料，毛于清晨收到了林彪突进赤水受挫的消息。林已在前一天晚上下令他的部队停止前进。他的位置在毛以北二十英里，急行军大约半天就可以到达青杠坡。

林彪失利的消息很快就使毛泽东明白了这场歼灭"双枪"兵的速决战出了毛病。到了上午十时左右，敌人显然没有仓皇溃逃。红军固然打得很好，敌人打得也不错。实际上敌人反而越战越强了。中午时分，毛和他的部下意识到他们正在进行一场危险的战斗。敌人并不是不堪一击的黔军，而是驻守宜宾的川军总司令刘湘手下的精锐部队。前线指挥官是外号叫"熊猫"的郭勋祺。敌人的兵力也不是他们原来所想的两个团，而是两个旅即四个团。不仅如此，激战当中，又出现了更多的川军，总数增至八个团，至少一万人，而且训练有素，纪律严明，指挥有方。毛因失算使红军遇上了长征中最关键的一次战斗。①

毛泽东开始从不利的战局中实事求是地进行思考：长征本身是战略退却，在此情况之下动辄反攻、决战，就违背了

---

① 哈里森·索尔兹伯里：《长征——前所未闻的故事》，过家鼎、程镇球等译，解放军出版社，1986，第172—173页。

图 / 青杠坡战斗遗址旧照

保存自己实力以图发展的初衷。毛泽东从青杠坡战斗中警醒过来，立即放弃从泸州和宜宾之间北渡长江的计划，改为西渡赤水河，到古蔺、叙永一带寻求新的机会。"打得赢就打，打不赢就走。"——毛泽东灵活的战略战术原则回来了，坚持真理、纠正错误的实事求是的路线又回来了！用兵如神，"得意之笔"，不在于每一仗必胜，每一算必准，它的灵魂正是百折不挠的精神、善于学习的伟大革命实践。

并非每句话都能成为真理，只有社会实践才能检验真理，任何理论和谋略都必须接受实践的检验，这就包括了遵义会议确定的行军方向这样重大的计划，也必须在实践中加以修正。

图 / 青杠坡战斗遗址

二、元厚"红嫂"

赤水市元厚镇（原名"猿猴场"）的沙沱渡口，是红军长征四渡赤水的首渡渡口之一。沙沱岸上住着一对贫苦的农民夫妻，男的叫袁善文，为人忠厚善良，勤劳朴实；女的名为聂永珍，年方十七，为人机智大胆，性格泼辣，思维敏捷，遇事沉着。夫妻俩虽然贫穷，但信任彼此，爱恨分明，日子过得和谐而踏实。

1935 年 1 月 25 日，长征队伍来到元厚，在这里"打土豪，分田地"，建立了猿猴苏维埃政府，选出老百姓拥护的李仕卿当了主席。聂永珍夫妇把红军为穷人打天下所做的一切看在眼里，从心里拥护共产党和红军。

可是，不久后红军就要离开他们了，聂永珍夫妇十分不舍，但又无从表达这份心意，正好，红军走时留下两名伤病员，由李仕卿主席安排，李仕卿考虑到袁善文、聂永珍夫妇勤劳朴实，都是靠得住的人，便把两位伤员送到他们家。于是聂永珍和丈夫商量，决定为红军办点实事，以表达他们的心意，全家人都支持他们的想法，冒着生命危险收留了两位红军，并对其细心照料。

不料，天下没有不漏风的墙，聂永珍收留红军的消息被元厚的恶霸地主黄少成知道了，黄少成带着十几个乡丁来搜查，情况万分紧急，就在乡丁即将破门而入之际，屋外后山一阵狗叫，聂永珍有意地大声喊叫："哪个？哪个在朝山上跑呀？"乡丁们急忙往山上追去，大喊："站住！不站住就开枪了！"一时之间枪声大作，子弹乱飞，但是没有抓到人，聂永珍急中生智，她让丈夫冒充伤员跑进深山，使躲在家里的红军战士幸免于难。

黄少成一伙走后，聂永珍把红军转移到一处废炭窑里藏起来，用谷草铺床，保证伤员有地方养伤，聂永珍为防走漏风声，每天上山打猪草时把饭菜和水装在背篓里，给伤员送去。由于缺医少药，聂永珍回家后找到本是老中医的父亲，配好治疗伤口的药，先后七次为伤员医治，为了让伤员早日养好伤回归部队，夫妻俩还熬鱼汤为红军伤员补充营养。一个月后，两位红军基本痊愈，准备归队，聂永珍把家里仅有的三斤黄豆炒熟了做干粮，并让丈夫带路，把红军送到古蔺店子坝，帮助他们归了队。两位红军万分感谢他们，依依不舍地离开了，送了一把雨伞以作纪念。后来，国民党反动派还是以"窝藏土匪"的名义将袁善文和他的父亲抓去关押了三个多月才放出来。

1976 年，朱德元帅的女儿朱敏重走长征路，来到聂永珍家中，亲切看望聂永珍老人，并告诉她两名红军战士追上了红军部队。聂永珍夫妇救护红军伤员的故事在当地传开

图 / 1976 年 9 月，朱德之女朱敏重走长征路，接受革命传统教育，在元厚渡口与当年为红军架浮桥、救护伤员的红嫂聂永珍交流

了，当地群众亲切地称她为红嫂。

三、红军在土城开仓放盐

历史上的贵州，山高林密，道路艰险，运盐费用高昂，民间有"斗米换斤盐"之说。另外，因贵州经济落后，百姓受剥削的程度深，广大贫苦百姓买不起盐，饱受淡食之苦。

贫苦人家吃盐很困难，不少人因此患上疾病。

1935 年 1 月 24 日，红一军团的先头部队击溃黔军进占土城时，由于国民党军阀、民团的反动宣传，许多群众被吓得躲进了山里，只有极少数的老人和儿童留在家里。26 日，中央红军陆续进驻土城，了解到当地百姓非常贫穷，最缺食盐，有的群众已经断盐一两个月了。土城盐号的盐商们在红一军团进占土城时已匆忙外逃，盐仓里囤积的大量食盐未能转走。为解决群众吃盐难的问题，红军决定开仓放盐。

红军打开盐号的四个盐仓，决定把囤积的食盐分给群众。一位红军战士拿起锣，一边敲，一边高喊："老乡们，赶快到盐号分盐去！"锣声响彻山谷，喊声扣动着贫苦人民的心弦。分盐？这是以前从来没有过的事啊！百姓们内心虽然激动，但又怕是个"陷阱"，所以大家都不敢"轻举妄动"。

土城街上的娃儿头头张帮超，决定壮着胆子去探探"风头"。他溜下山，躲在"土城盐号"的对面，探着脑袋，看见不少红军战士正在称盐。一个红军发现了躲在远处偷看的张帮超，拿起一块盐朝他走来，递给他说："小兄弟，我们是从江西过来的红军。我们也是穷苦人出身，被地主老财逼得没有办法了，才起来打地主老财的。我们红军是穷人的队伍，别怕，拿去吧！"

张帮超拿着红军给的盐巴，欣喜万分，赶紧回山上分享"情报"。听了张帮超的宣传，躲在山里的群众欢欣鼓舞，主动下山跑到盐号去领盐。不久后，盐号门口便被前来分盐的人挤得水泄不通了。

一位身着灰布军装的红军首长走上台阶，用铿锵有力的声音说："这些盐是劳动人民的血汗，过去被地主、资本家霸占了，现在，我们打开盐仓，把所有的盐拿出来分给大家，你们都来领吧！"

图 / 赤水河古盐渡

分盐时，以户为单位分发，根据人口给大家称盐。有几个老人抬不动盐巴，红军就亲自把盐巴送到他们家里。贫苦百姓领到盐巴，个个喜笑颜开。有的用手抱，有的用背篓背，有的用篮子提，有的用衣服兜，来人熙熙攘攘，其中不少人热泪盈眶，纷纷称赞红军是百姓的救星，分盐场面很是热闹。

红军将盐商们囤积在土城盐号的上万斤食盐按斤分发给穷苦百姓，从而获得了民心。红军一渡赤水时，土城百姓帮助红军搭浮桥，捐门板、船只，帮助转运、安置伤员，以实际行动回报红军，为顺利一渡赤水作出了重要贡献。

四、土城群众献门板搭浮桥

1935 年 1 月，蒋介石调集四十万重兵向黔北扑来，企图把红军"聚歼"在黔北地区。中革军委决定撤离遵义，北渡长江与红四方面军会合，建立新的革命根据地。

1935 年 1 月 24 日，中央红军击溃黔军，占领了习水土城镇。老乡们听信了地方反动武装者的谣言，大多数人被吓得躲进了山里。

"郑明福，'共匪'来了，你还不跑？"一个急匆匆赶来乘船的大娘关心地问船工郑明福。

"我有啥子怕的嘛，反正家里的锅都揭不开咯！"郑明福故作镇定地回答。

第二天早晨，一阵锣声与喊声打破了土城的平静："老乡们，快到盐仓分盐啰！"

郑明福心想：分盐？哪会有这等好事！他将信将疑地来到土城盐号，看见红军正用盐梭镖戳开盐包篓，把一坨坨的盐巴敲碎，递到乡亲们的手里。

他怯生生地上前问道："我，我可以领吗？"

"当然可以，这是你的。"说着，红军将碗口般大小的一坨盐，递到郑明福手上。郑明福双手捧着盐，激动得讲不出话来，但在心里默默记下了红军的这份恩情。

红军在土城纪律严明，开仓分盐、分粮给"干人"的消息很快就传开了，外出躲藏的百姓纷纷回到镇上。

不料，国民党军紧追而来，与红军在土城青杠坡展开激战。由于敌众我寡，红军的部分阵地失守。中革军委在土城召开会议，毛泽东审时度势地做出"主动撤出战斗，西渡赤水，挺进川南"的决定。

赤水河宽约两百米，流速极快。在赤水河上快速架设起浮桥是中央红军能顺利摆脱危机的关键，周恩来几次亲自考察架桥点，红军四处寻找架桥材料。郑明福得知这个消息后，毫不犹豫地取下家里的三扇门板，扛到河边，借给红军搭设浮桥，又四处奔波，帮红军征集架桥材料。土城百姓闻讯后，纷纷卸下自家门板，支援红军渡河。

但是，赤水河水流湍急，有几次眼看就要成功了，浮桥却被激流冲散。郑明福见状，毫不犹豫地跳入冰冷的河水中，同红军战士一起往返数次，才将浮桥牢牢固定。1935年1月29日凌晨，中央红军从土城的浑溪口、蔡家沱，元厚的沙沱等渡口顺利渡过赤水河，摆脱了前有阻敌、后有追兵且背水作战的不利局面。

红军渡过赤水河后，为防止敌军追击，决定迅速将浮桥炸毁。"上门板"是红军"三大纪律八项注意"早期版本所规定的内容，由于战事紧急，红军来不及一一归还老乡的门板和其他东西，便给了远超市价的银圆和物品作为补偿。船工郑明福得到了两块银圆、一领蓑衣、一个斗笠和一根扁担。

红军离开后，郑明福和老乡们把被炸过的门板打捞起来，因门板受损严重，早已分不清门板是谁家的，便各自将自己捡到的门板抬回家中修修补补，继续使用。郑明福家三扇长短不一的门板，不知被他修了多少次，越修越结实，越修他越珍爱，一用就是七十一年。这样的门板在土城并不少见，当地百姓亲切地将其称为"红军门板"。2006年，郑明福将自家的三扇门板，捐赠给了正在筹建的四渡赤水纪念馆，这三扇门板现已被评定为国家一级文物。

如今，静静躺靠在玻璃展柜中的这三扇"红军搭浮桥用的门板"，让人们深刻感受到中国共产党领导下的人民军队铁的纪律，以及与人民群众生死相依、患难与共的鱼水情谊。战争硝烟已散，但中国共产党与人民群众患难与共、生死相依的鱼水情愈来愈浓。

五、丙安的红军故事

赤水市丙安古镇，被称为赤水河边的悬崖城堡，至今还保留着许多明朝以来的盐运文化遗址遗迹，古镇城门保留至今，宽窄不一的街道凿有一条条石板纹，铁索桥、双龙石桥、古码头、丹霞石刻、古驿道尚存。丙安古镇作为"贵州省历史文化名镇"，游客称赞最多的是"红军渡口纪念碑""红一军团陈列馆""耿飚将军陈列室""耿飚将军红军小学"等村内的红色景点，这些红色景点成为南来北往的游客经常"打卡"的地方。

1935 年 1 月 25 日，红一军团根据中革军委关于攻打赤水县城，从而实现遵义会议确定的"北渡长江，与红四方面军会师，在成都之西南或西北建立根据地"的方略，占领丙安古镇后，红一军团司令部和红二师师部都设在镇内的盐商家中，后当地政府根据这一历史事实，在原址建设"红一军团陈列馆"，馆名由红军老战士贾若瑜题写，会馆还展示了红军激战赤水的史实，展示了以复兴场战斗、黄陂洞战斗、箭滩战斗和回师二渡的内容。这些展现了红军长征在赤水的艰苦卓绝的征战过程。

红一军团在丙安，发扬了红军长征中依靠人民群众的一贯精神，打开地主盐商的存盐，将盐分发给百姓后，得到百姓拥护。红军在了解到丙安有一户秦姓农民还在住着窝棚后，便将身上的棉衣脱下送给他，该地老百姓将此传为佳话，大讲红军对人好，关心穷人。老百姓由此拥护红军，积极为红军筹粮，帮助安置伤病员，在红军一渡赤水后为其带路等。红二师师部在丙安，接到了军团首长攻打复兴场，以减轻红一师在黄陂洞战斗的压力的指示后，立即指挥官兵在风溪河渡口渡河，在当地老百姓的带领下，红二师师长陈光带领部队渡过风溪河，与川军在复兴场激战后复回丙安。这时，敌人咬住红二师后卫队不放，陈光师长令部队守候好浮桥和准备过浮桥的红军，并命令其带领的部队转身迎敌，打退了追兵。随即红二师全部安全通过浮桥回到丙安，并将浮桥拆毁，第二天敌人复架浮桥，过河追赶红军，红二师后卫部队在丙安附近的梯子岩设下埋伏，使敌人不敢进，保证了红军安全从沙沱渡口一渡赤水。

如今，丙安古镇遗址除有林彪住地、李德住地外，还有十五户人家的门板上写有"红军战士驻地"。在耿飚将军的女儿等人的支持下，2016 年，经上级批准，全国红军小学建设工程建设理事会同意设立丙安"耿飚将军红军小学"，并且在丙安镇赤习公路过境段外侧建成了总长六百多米的"红军文化长廊"，该长廊以雕刻等艺术形式展现了红军在丙安和赤水境内的辉煌历史，丙安成为中国红色旅游和爱国主义教育的重要基地。

六、茅台"全军佯动"

红军四次渡过赤水河，演绎了毛泽东军事生涯中的"得意之笔"。第三次渡河被军史专家称为"全军大佯动"。

王耀南在他的《坎坷的路》的"四渡赤水"一节中写道：

首长们正围在一棵大樟树下研究部队下一步的行动……接着又问我："桥架得怎样了？"我说："为了防止敌人飞机炸坏铁索桥，影响部队行动，正组织力量在朱砂堡和观音寺两个渡口架桥，都快架好了。"毛泽东同志听了后，点了点头，说："好！要争取时间。敌人飞机要再来，命防空连打几发子弹，吓唬吓唬也好。"然后，他转头对刘伯承同志说："总参谋长，把那个事给他讲讲。"原来，敌人被红军牵着鼻子转悠了近两个月，现在已经麇集到黔西北的一个狭窄地区。毛泽东同志发现摆脱敌人的时机已到，决定在茅台渡过赤水、把敌人再西引至川南后，以迅雷不及掩耳之势反向东渡赤水，折返贵州，然后直插云南，彻底甩掉敌人。刘伯承同志首先问我："你知道太平渡、二郎滩架的桥还在不？"我说："据了解，还在。"刘伯承同志听了后，交代说："那好。你赶快派几个得力的人，每人带两条短枪，多带手榴弹，到太平渡、二郎滩去一下。如果桥还在，留几个人把桥看起来。并把情况向我报告。"回到桥头后，我立即派一排长张景富同志带了六七个老战士，骑马到太平渡、二郎滩去侦察。不到半天，张景富同志派人回来向我报告说："国民党军队还没有到那里，地主武装也不敢动，老百姓自己把桥看起来了，桥都是好好的。"我把侦察了解的情况向刘伯承总参谋长汇报后，他听了非常高兴，连声说："好！好！好！"他还交代，要我带上几十个人插小路赶到两个渡口，对几座浮桥全面检修一下。对这个突然的行动，我当时也弄不清是怎么一回事；因为是军事秘密，想问又不敢问。回来后，我遵照刘伯承同志的指示，把工兵连一分两半，一部分同志留在茅台渡口维护浮桥，一部分同志由我带领向太平渡、二郎滩赶去。

与此同时，红军主力源源不断通过浮桥向西开进。从三月十六日晨到十七日中午仅一天半时间，红军部队就全部在茅台渡过赤水河，重新进入川南的古蔺地区。[①]

第三次渡赤水河是在"三人军事指挥小组"成立仅四天，由军事战略家毛泽东殚精竭虑、日夜不眠谋划出来的隐真示假、声东击西的一出好戏。

毛泽东在茅台，把他带领的三万红军全都"隐其真而示其假"。其一，让其带领的部队大白天渡河，让国民党的飞机侦察看个明白，让国民党军认为红军主力朝川南去了。其实，三万红军过了河，其主力就隐蔽在赤水河西岸的深山老林中。其二，让红一军团中的红五团佯装红军主力，大摇大摆地继续西进，以假乱真，并在古蔺镇龙山和敌军打了一仗，显示了红军主力的威风，使蒋介石愈加坚信红军"西窜"。其三，派王耀南带领部队修筑浮桥，为红军第四次渡河做充分准备。

---

① 王耀南：《坎坷的路》，战士出版社，1983，第 123—124 页。

图 / 茅台渡口（红军曾在此三渡赤水）

一个团伪装成主力，直扑驻守镇龙山的川军，以凌厉的攻势把敌人一直追到明科岭和蒋家田，打得敌人丢盔弃甲、溃不成军，使其赶紧穿过古蔺县城向德耀关方向逃跑。地方民团闻风丧胆，早在红军突破蒋家田前面的明科岭阵地时，就率队逃至古蔺西北方三十五公里的香楠坝躲避去了。

由于红军攻势凌厉，追击勇猛，给敌人制造了假象，蒋介石认定红军主力又要北渡长江，急调川滇黔军和薛岳部中央军集结于长江沿岸设防，并在川滇黔边境一带加筑碉堡，构成封锁，企图"围歼"红军于长江以南。待敌人调动部署将成未成之际，毛泽东审时度势，指挥红军主力于3月21日至22日由太平渡、九溪口、二郎滩四渡赤水，将敌人远远地抛在后边。赤水河两岸的民众看到敌人慌乱调兵遣将的情景，幽默地唱道：

白军好像一条狗，红军牵着到处走。
白军好像一条牛，红军牵着到处游。

七、妙用茅台酒

1935年3月16日，红军不战而胜，占领了仁怀县城和茅台镇，红军将士有幸享用了历史悠久、驰名中外的茅台酒。

茅台酒的酿造和推广有着悠久的历史。早在 1915 年，茅台酒就荣获了巴拿马万国博览会金奖，从而名扬海外。中华人民共和国成立后，茅台酒被誉为"对长征有功劳的酒"，其中一个重要原因就是红军长征路过茅台镇，茅台酒在长征过程中发挥了重要作用。

20 世纪 80 年代以后，在许多参加过长征的老红军的回忆中，对茅台酒仍然记忆犹新，并心存感激。

曾三将军曾回忆说："在长征路上，我深深感到脚的重要。道理很简单：长征是要走路的，没有脚就不能行军，没有脚就不能战斗……大家不是听过'红军过茅台，用酒洗双脚'的故事吗？这不是假的，因为用酒擦洗是最好的保护脚的办法。"①

耿飚将军在其回忆录中提道："这里是举世闻名的茅台酒产地，到处是烧锅酒坊，空气里弥漫着一阵阵醇酒的酱香。尽管戎马倥偬，指战员们还是向老乡买来茅台酒，会喝酒的组织品尝，不会喝的便装在水壶里，行军中用来擦腿搓脚，舒筋活血。"②茅台酒除了用于壮行之外，对缺医少药的红军来说，还有疗伤之神效。

---

① 《红旗飘飘（23 集）》，中国青年出版社，1981，第 78—79 页。
② 耿飚：《耿飚将军自述》，辽宁人民出版社，1998，第 185 页。

　　红军过雪山时，脚下尽是白茫茫的积雪，暴风雪说来就来。只穿着单薄军服的红军战士被冻得嘴唇发紫，牙齿咯咯响。这时候，红军战士携带的茅台酒派上了大用场，部队首长下令让战士们赶快喝点酒御寒，然后借着酒的热劲，相互搀扶，向山顶前进。红军战士喝过酒后，当即感到浑身发热，爬山变得有劲了，便你追我赶地向山顶赶去；再喝点酒，即可迅速下山。从此之后，红军战士愈加珍惜身上带的茅台酒，非到必要时，绝不随便动用一点儿。

　　红军妙用茅台酒的故事，给茅台酒增添了一些传奇色彩。

图 / 红军用茅台酒疗伤的雕塑

八、邓萍：遵义城下洒热血

遵义战役中，红三军团参谋长邓萍，在遵义老城侦察敌情时不幸牺牲，他是红军长征途中牺牲的职务最高的指挥员。

邓萍，1908 年出生于四川富顺县（今自贡市大安区）。1926 年 12 月考入武汉中央军事政治学校，在校时加

图 / 邓萍

入中国共产主义青年团，不久后成为一名中国共产党党员。1927 年，邓萍受党的派遣，在彭德怀担任团长的国民党湖南陆军独立第五师第一团做兵运工作。他在该团秘密组织成立中共党支部和团委，任书记。1928 年 7 月参与组织领导平江起义，任中国工农红军第五军参谋长、中共红五军军委书记，参加领导开辟湘鄂赣苏区。同年冬，邓萍和彭德怀、滕代远率红五军主力到井冈山，参加保卫井冈山革命根据地的斗争。

1930 年 6 月，邓萍任红三军团参谋长。同年 7 月，协助彭德怀指挥部队攻打长沙，红军攻克长沙后，邓萍兼任

长沙警备司令。红军撤出长沙后，红三军团在平江整编，邓萍兼任红五军军长。同年8月，根据中共中央的指示，红三军团与红一军团组成红一方面军。从此，邓萍指挥红五军，在朱德、毛泽东的亲自指挥下，参加了中央苏区历次反"围剿"。

1933年7月，邓萍兼任红军东方军参谋长，参与指挥所部入闽作战。在中央苏区，邓萍南征北战，战功卓著，成为红军的著名将领。其间，邓萍兼任红五军随营军校教育长，参与创建中国工农红军学校，任副总队长兼教育长，培养了大批红军干部。1934年1月，邓萍当选为中华苏维埃第二届中央执行委员会候补委员。

1934年10月，邓萍参加长征，协助彭德怀指挥红三军团，担任右路前卫，连续突破国民党军四道封锁线，掩护中央红军主力和中革军委机关突围。遵义会议后，在毛泽东的正确指挥下，邓萍与彭德怀指挥红三军团，两渡赤水河，激战娄山关。

1935年2月27日，邓萍在指挥部队攻打遵义老城时被子弹击中头部，壮烈牺牲，年仅二十七岁。彭德怀在指挥所接到邓萍不幸牺牲的消息后，十分悲痛，他流着眼泪向部队下达了命令："拿下遵义城，为参谋长报仇。"

红军攻下遵义城后，红十一团政治委员张爱萍挥笔写下一首挽诗：

> 长夜沉沉何时旦？黄埔习武求经典。
>
> 北伐讨贼冒弹雨，平江起义助烽焰。
>
> "围剿"粉碎苦运筹，长征转战肩重担。
>
> 遵义城下洒热血，三军征途哭奇男。

彭德怀说："邓萍这个人是值得纪念的！""从平江起义到井冈山斗争，从江西苏区转战到长征途中，直到他牺牲前，我们一直在一起工作，互相配合得很好。邓萍对党和人民的革命事业忠心耿耿，作战指挥沉着果断、英勇顽强，是一个很有才干的优秀军事干部。"[①]新中国成立后，遵义市人民政府找到邓萍烈士的遗骸，将其迁葬在碧水环绕的凤凰山上。

[①]　军事科学院解放军党史军史研究中心：《邓萍》，学习出版社，2020，第5页。

致邓萍爷爷

李发模

昨日的口袋里，装的全是今天
太阳公公用阳光的手指掏出来
全是明白

明白了，我在红军山上
听苍松翠柏讲述 1935 年 1 月
红花冈战役，生与死的鏖战
靠前指挥的邓萍将军
他的倒下，站起今日的辉煌
英雄雕塑前，日出东方
是革命的脑袋在民生的肩膀上
听蓝天教诲幸福来之不易
英烈两眼含温暖，年少的我们
不负先辈的希望
站起革命的理想

我想告诉太阳公公，红军山是阳春

开遍祭奠的白花，像蓝天白云

我还告诉邓萍爷爷，少先队员胸前

鲜艳的红领巾

感恩先烈，颗颗稚嫩之心都是红色基因

《你若想来，我带你去》
作词：陈潇
作曲：陈潇
演唱：陈潇

《醉美遵义》
作词：雨田、石与刚
作曲：杨卓鑫、穆维平
演唱：穆维平

遵义市旅游精品线路（四）

线路名称：

醉美遵义　神秘赤水河

线路简介：

厚重的红色历史、古老的人文传承，顺着蜿蜒的赤水河潺潺流淌。无数令人惊叹的自然景观、荡气回肠的历史文化、神秘浓郁的民族风情，都在这片起承转合的山水间书写。灵动的山水、醇香的美酒，你所有的期待，在这里都将如愿以偿。

线路安排：

中国酒文化城—酱酒酒庄—茅台天酿—茅台酒镇夜游（茅台 1915 广场、红军吊桥、四渡赤水纪念园、杨柳湾街）—土城古镇—四渡赤水纪念馆—赤水河绿道骑行—佛光岩—赤水竹海—赤水大瀑布—燕子岩—四洞沟—"醋中茅台"晒醋庄园—丙安古镇

一路美宿：

茅台国际大酒店、联裕希尔顿花园酒店、仁怀杨柳湾酒店、岁月土城酒店、习水土城圣地客栈、赤水匠庐·雅路古、仚舍、赤水望云峰客栈、赤水张家湾房车露营地等。

"醉美遵义　神秘赤水河"示意图

图 / 赤水竹海

图 / 赤水丹霞旅游区·佛光岩

第五章
苟坝会议照前程

★

图 / 苟坝会议会址（郑尚坚 摄）

第一节　史料

　　1935年3月中旬，张闻天在苟坝主持召开中央政治局扩大会议，讨论进攻打鼓新场（今毕节市金沙县）的计划。3月10日，林彪、聂荣臻向中革军委建议，中央红军应向

图 / 苟坝会议会址

打鼓新场、三重堰前进，以占领战场。鉴于在遵义会议上狠批了博古、李德的专断，因此，张闻天决定，凡是重大的军事行动都由集体讨论决定。收到红一军团首长的"万急"电报，张闻天就召集二十余人参加会议进行研究，会议围绕是否进攻打鼓新场这一主题，会上争论激烈，与会者大多同意进攻打鼓新场，只有毛泽东坚决反对。毛泽东根据敌我态势，阐述不能进攻的理由，甚至以辞掉刚担任不到一星期的前敌司令部政委一职来据理力争，但还是不能说服大家。主持会议的张闻天见大家僵持不下，就实行举手表决。

图 / 苟坝会议纪念馆的毛泽东雕像（胡志刚 摄）

图 / 苟坝会议会址

　　结果，反对进攻者只有毛泽东一人，其前敌司令部政委一职也被表决撤掉了。但毛泽东觉得事关重大，没有因自己的意见被否决和前敌司令部政委被表决撤掉而计较。10日晚，他提着马灯到周恩来的住处，陈述自己的理由。周恩来认可了毛泽东的观点。

　　11日一早，继续开会。毛泽东详细分析了进攻打鼓新场的弊端。毛泽东认为，打鼓新场虽只有黔军残部王家烈部的两个师，其战斗力也不强，但打鼓新场修有防御工事，易守难攻，且北面有黔军，西北面的鲁班场有周浑元部，东南面有国民党吴奇伟部，西南面有滇军等。如果一时不能拿下打鼓新场，中央红军将会遭到敌军"围歼"，弄不好，还有可能全军覆灭。毛泽东说服了主张进攻打鼓新场的多数人，会议撤回了进攻打鼓新场的决定。

鉴于在特定的战争环境里，每一个重大的军事行动都要召开二十余人的中央会议来讨论决定，可能会贻误战机，毛泽东向中央提议，成立几个人的小组，全权指挥军事。随后，中央政治局根据毛泽东的提议，成立了由毛泽东、周恩来、王稼祥组成的三人军事小组，代表政治局指挥军事，毛泽东由此真正掌握了军事指挥权。

之后，红军在毛泽东、周恩来等的领导下，四渡赤水，南渡乌江，佯攻贵阳，挺进云南，渡过金沙江，摆脱了敌军的围追堵截，粉碎了蒋介石的"聚歼"阴谋。

图 / 以周恩来为首，毛泽东、王稼祥为成员的三人军事指挥小组

第二节　故事

一、毛泽东力排众议

播州区枫香镇苟坝村，在枫香小学往花茂村的方向，白泥左转三公里的地方。这片肥田沃地上，有成片的稻田和不息的泉水。

苟坝小村的住户不多，鲜为众人知晓，但也掩盖不住它那原始自然的灵性，山环水绕之中的庄稼与繁茂的林木偶尔显现出几多峥嵘之色，见惯了山乡水流，它显得平静如初，即使是曾经有过那样意义重大的时刻，它始终保持着缄默，不向人言。这正是黔北人的基本品格，也是苟坝村作为遵义会议延续点的亮节高风之处。

红军在行军途中召开过不少会议，一些会议甚至被当事人和史学家所遗忘。在泗渡，索尔兹伯里在书中写道："在通往桐梓路上的凄凉的泗渡村里，召开了政治局会议。"① 关于土城，索氏写道："军事委员会为此召开了紧急会议，这是大家知道的红军在战斗中召开的惟（唯）一的一次紧急会议。"② 苟坝会议虽然没有被过多地"炒作"，但是当事人与史学家对此都非常关注。苟坝这一村子虽小，但苟坝会议却是一次意义非凡的会议。

在毛泽东任前敌司令部政委后的第六日（即 3 月 10 日），召开了会议，起因是收到来自红一军团的一份电报。

3 月 10 日凌晨 1 时，红一军团给中革军委发来电报，林彪、聂荣臻提出建议：关于目前行动，建议中央红军应向打鼓新场、三重堰前进，消灭西安寨、三重堰之敌。林彪、聂荣臻在电报中提出了进攻打鼓新场的五条行动方案。

进攻打鼓新场，是一场重大的军事行动。朱德把电报给张闻天、周恩来、毛泽东、王稼祥等传看，并召开了紧急会议加以讨论，屋子里坐了二十多个人，讨论林彪、聂荣臻的电报。自从在遵义会议上批判了李德的"独断专横"之后，张闻天很注意发扬民主，事事要找一堆人开会讨论，依据多数意见做决定。

---

① 哈里森·索尔兹伯里：《长征——前所未闻的故事》，过家鼎、程镇球等译，解放军出版社，2005，第 136 页。

② 同上书，第 159 页。

　　这一次开会讨论，大家都觉得林彪、聂荣臻的建议可行，赞成攻打打鼓新场，唯独毛泽东一人反对。会上，只有毛泽东一人不同意进攻打新鼓场，反复强调不能打固守之敌、不能"啃硬的"，应在运动战中消灭敌人。双方争得不可开交，毛泽东见还是说服不了大家，很是着急。这时，有人提出"少数服从多数，不干就不干"。主持会议的张闻天就搞了个民主表决，结果将毛泽东前敌司令部政治委员的职务表决撤掉了。会议决定由周恩来起草进攻打鼓新场的命令，11日晨下达。周恩来回到住处，没过多久，毛泽东提着马灯来了。

　　周恩来是当事人，很详尽地描述了后来的故事："但毛主席回去一想，还是不放心，觉得这样不对，半夜里提马灯又到我那里来，叫我把命令暂时晚一点发，还是想一想。我接受了毛主席的意见，一早再开会，把大家说服了。"①

　　周恩来又一次起了关键性的作用。因为遵义会议决定周恩来同志是党内委托的对于指挥军事上下最后决心的负责者，进攻打鼓新场的命令由他最后拍板。周恩来接受了毛泽东的意见，事情也就迎来了转机。

---

　　① 中共中央党史资料征集委员会、中央档案馆：《遵义会议文献》，人民出版社，1985，第69页。

虽然周恩来在 3 月 11 日一早的会议上把大家给说服了，取消了攻打打鼓新场的计划，但"打鼓新场风波"后毛泽东开始思索。毛泽东向张闻天提出"不能像过去那么多人集体指挥"的建议，战争情况瞬息万变，军事指挥不能处处搞

图 / 苟坝会议雕像

"少数服从多数"，不能总是由二十来号人讨论来讨论去，而需成立一个具有权威性的军事指挥机构，以保证实施正确的军事指挥。张闻天也觉得毛泽东的建议有理，因为这些天也把他折腾得够呛。张闻天不懂军事，可是他要不断地主持会议，讨论来、讨论去，最后按多数人的意见去办，天天要打仗，天天都这么讨论，怎么行呢？

毛泽东所阐述的不可进攻打鼓新场的理由，事实很快证明了他的军事预见是正确的。因此，会议讨论了毛泽东提出的重组"三人团"的建议，毛泽东的建议得到一致认同。

新的"三人团"由毛泽东、周恩来、王稼祥组成。在当时的战争环境中，"新三人团"是中央重要的领导机构。

毛泽东进入"新三人团"（三人军事小组），表明了新的中央的领导地位在全党得到了进一步的巩固，也标志着毛泽东的正确主张取得了决定性的胜利。在长征时期，军事压倒一切。毛泽东作为中共中央政治局常委，在党内、军内都有领导地位。

位于遵义苟坝北侧纵深地带的"新房子"，是一座始建于清光绪初年的木结构的四合院，有围墙，有大门，还有少见的石嵌院坝。这一建筑在当年自然是这一带最安全、最保险、最"豪华"的房子，因而被选为党中央机关的驻地，也就是举行苟坝会议成立"新三人团"的地方。这个美丽的小山村和这座古朴的"新房子"，在中国革命史上留下了光辉的一页。

二、真理小道

遵义战役的胜利，是中央红军长征以来取得的第一个伟大胜利。中央认为还是毛泽东指挥有把握，因此，在 1935 年 3 月 4 日，在遵义战役结束后的第四天，就专为此设立前敌司令部，委托朱德为司令员，毛泽东为政委，政委是党的代表，又被称为"前敌总指挥"。

然而，毛泽东在遵义会议之后刚刚获得的这一个军事要职，不到一个星期就被撤了，这发生在著名的苟坝会议上。

3 月 10 日，张闻天在苟坝主持了会议，讨论林彪、聂荣臻关于"攻打打鼓新场"的建议，与会者皆同意打，唯毛泽东独持异议。

在军事指挥问题上，出现不同意见是屡见不鲜的。在毛泽东的戎马生涯中，以一人之见反对大多数的意见也不是头一回了。在赣南会议、宁都会议上，毛泽东都处于少数人的位置上，但他都服从了大局，等待历史的结论。而攻打打鼓新场的情况不同：前有堵截之敌，后有尾追之军，红军又处于穷乡僻壤之间，稍有不慎，就有全军覆没的危险。毛泽东不肯轻易撤回他的意见，便说："你们如果坚持进攻打鼓新场，我这前敌司令部政委不干了。"

主持会议的张闻天为难了，大家争得不可开交，怎么拍板？为了避免如以前的负责人主观专断而引起非议，他建议交付政治局会议表决，举手表决不但通过了进攻打鼓新场的林、聂电报的建议，同时也把毛泽东刚上任的前敌司令部政委表决撤掉了。

会后，毛泽东的心里像压了一块大石头，沉甸甸的。倒不是因为失去重要职务而沮丧，而是为红军的前途担忧。因为一旦进攻打鼓新场，红军势必会遭失败的结局，后果不堪设想。深夜，他辗转反侧，不能入睡。左思右想，最终他不再犹豫，披上衣服，提上马灯，决定再找周恩来做做工作。

坚持真理的毛泽东，为了党和红军的大局，既要秉持己见，又要设法说服众人，让大家都认识真理，赞成真理，因为真理只有赢得众人认可才能有力量。于是，他不顾被表决撤掉职务后的郁闷，为了不使红军再遭受损失，独自一人在夜里提着马灯行走，去敲开了两公里之外的周恩来的房门。

"砰！砰！砰！"毛泽东叩响了周恩来的房门，恰巧周恩来也没睡，他正准备起草进攻打鼓新场的命令，见是毛泽东，周恩来先是一怔，随后赶紧让座。

毛泽东不等坐下，便急切地说："恩来，进攻打鼓新场的命令，晚一点儿发吧！还是得好好考虑一下，现在敌情严重，打得危险。"

周恩来说："你说得很对。你看的几份电报我刚才也看了，黔军、滇军都正在向打鼓新场集结，红军如果进攻打鼓新场，可能会受到中央军周浑元部和川军的侧背夹击，这一仗弊多利少，凶多吉少，打不打是得重新考虑。"

图 / 苟坝会议陈列馆毛泽东雕像

毛泽东紧张不安的心这才放了下来，说："命令先别写，赶紧召集中革军委会议，根据敌情重新研究，说服大家。"

第二天早上中革军委又开会，毛泽东和周恩来说服了与会者，放弃了进攻打鼓新场的主张。3 月 11 日，中革军委发出《关于我军不进攻新场的指令》。

毛泽东力排众议，再次挽救红军于危机关头。

三、花茂有位女英雄——熊钰

花茂位于遵义市播州区枫香镇东北部，原名花苗田，1955 年，当时的人认为"花苗"有歧视苗族之意，故将其改名为"花茂"，为繁花茂盛之意。

1935 年的花茂出了一位女英雄，她叫熊钰。熊钰于1890 年出生于枫香镇枫元村一个贫苦的家庭，她的家中有十多口人，但只有少量的耕地，因而全家以当帮工为主要谋生手段。

熊钰未出嫁时，是个喜说爱笑的姑娘，在二十左右岁时嫁到七里沟刘合兴家，生育了两个孩子。

熊钰性格开朗，不畏强暴，个子高，有一双大脚，邻居都尊重地称她为"刘合二娘"。后来熊钰的丈夫病死，又遇 1924—1925 年的大旱灾，次子因饥饿而去世，长子逃荒外出因病去世。不得已，熊钰改嫁到了花茂田，同肖泽龙结婚。肖泽龙原寄居在张怀忠家，婚后在张家旁边搭了个窝棚栖身。熊钰耕种着典当来的三亩田地，在农闲时卖点葵花籽，丈夫肖泽龙以背盐巴为生。

1935 年 3 月，穷了大半辈子的熊钰，迎来了中央红军。

在听到中央红军宣传打土豪，分田地，谋求解放的道理后，熊钰的思维顿时开阔了。在苟坝住的红军中有不少是女性，这对她的影响很大。熊钰亲眼见到了红军的优良作风，不再相信国民党以前宣传的"红军是长红头发的，会杀人、吃人"等谣言，她积极地向红军靠拢，给红军拌米、做饭，帮助红军喊回躲藏在山上的老百姓。

1935 年 3 月 9 日，红军总政治部分头到各户宣传，召开群众大会，组织抗捐会。经过半天时间，各村都选出了自己的代表，这些代表纷纷来到苟坝参加代表大会，在代表大会上，一致通过了下面四条决定：一、不交军米款；二、不交一切苛捐杂税；三、反对抽丁当兵；四、反对拉夫。

大会选举出五人组成苟坝抗捐委员会，其中主要成员有熊钰、王胖子、蔡青云、肖树云。

在水口寺的群众大会上，红军首长问："土豪劣绅哪里去了，民团哪里去了？"大家回答道："进大山了。"有的人说他们在石牛山，石牛山是苟坝区域的环山主峰，西面紧接长五间的女红军驻地。红军又问："谁知道路？"熊钰主动给红军带了路。

中央红军在苟坝的几天时间里，国民党的飞机几乎天天来侦察，两次轰炸苟坝地区红军的主要驻地，但熊钰没有胆怯，她仍然义无反顾地给红军带路搜山，找出藏在石牛山山洞的土豪和民团武装队伍。

这次打土豪、抓民团的斗争，使国民党反动势力和豪绅封建势力遭到了打击。看到熊钰给红军带路打他们，敌人把熊钰视为"眼中钉"。红军走后，反动派将熊钰抓了起来，以"通'共匪'"之罪名，向熊钰开了枪，敌人的子弹不停地射入熊钰的身体，殷红的鲜血染满了她的衣襟。反动派将熊钰枪杀在了花茂的上场口，制造了 1935 年 3 月 30 日的惨案。

四、遵义会议的完美收官

遵义会议于 1935 年 1 月 17 日结束，毛泽东当选为中央政治局常委，进入党中央的核心，另一位常委项英留在中央苏区打游击，没能参加遵义会议。而这时，敌军已过了乌江，会议不可能再就常委的工作安排进行研究，于是，在遵义会议四条决议的第三项作出了"常委中再进行适当的分工"的决定，为后来的扎西会议、苟坝会议中的组织调整工作埋下了伏笔。

红军离开遵义后，2月5日在川滇黔交界"鸡鸣三省"的一个村子进行中央政治局常委分工，决定由张闻天接替博古的职务，负中央总的责任（习惯上称之为总书记），博古仍保留常委，后来任政治部主任。

3月10日凌晨，红一军团的林彪、聂荣臻发电报给中革军委，建议攻打打鼓新场，因此召开了著名的苟坝会议，会议争议很大。当天夜里毛泽东提着马灯到周恩来住地，说服了周恩来，避免了不必要的损失。通过这场争论，毛泽东向中央提议，在瞬息万变的战争环境下，不宜召开多人会议，军中指挥必须当机立断，建议成立"新三人团"指挥战争。会议最后决定由毛泽东、周恩来、王稼祥组成"新三人团"全权指挥军事，这是长征中最主要的领导机构。毛泽东成为"新三人团"的主要成员，这表明遵义会议确定他在党和红军中的领导地位得到进一步巩固，而苟坝会议则完善了遵义会议在中央核心领导层的组织调整工作。

苟坝颂

王兴伟

一条路，是天下最长的路
一盏灯，是天下最亮的灯

我们在那天途经黑神庙也提一盏微弱的马灯
1935 年 1 月，飞机不时从头上飞过

走着走着我们感到了孤单，感到了黑洞洞的枪口

走着走着，我们看见了打鼓新场
敌人围了一层又一层，没有一个人从袋子里出来

走着走着，我们看见两个人秘密地交谈
如两束灼热的火焰，渐渐拨开夜色

走着走着，我们恍然大悟
是一条狭窄的小路

是一盏陈旧的马灯

让中国革命从容转向

走着走着，我们感到真理就在身边

一盏灯，始终亮在心上

图 / 4A 级旅游景区——务川自治县仡佬文化旅游景区的九天母石

《遵道行义黔途红》
作词：陈维东
作曲：连向先
演唱：师鹏

《慕名而来》
作词：梁爱科
作曲：胡平
演唱：孙丹丹

遵义市旅游精品线路（五）

线路名称：

仡佬秘境　康养之旅

线路简介：

这里有最地道的仡佬风情，有最独特的仡佬民俗，还有数不尽的秀丽山水。静谧古朴的仡佬古寨，世外桃源桃花源记，清凉秘境九道水，汇成了一片罕有的康养胜地。

线路安排：

道真中国傩城—正安吉他文化产业园—九道水—中国仡佬民族文化博物馆—务川仡佬之源（龙潭古寨、九天母石）—桃花源记

一路美宿：

桃花源记、水车坝民宿、九道水度假酒店等。

"仡佬秘境　康养之旅" 示意图

第六章
南渡乌江出重围

图 / 四渡赤水太平渡口（胡志刚 摄）

第一节　史料

　　1935 年 3 月 21 日晚至 22 日，中央红军主力三万余人分别从太平渡、二郎滩等地第四次渡过赤水河，分左、中、右纵队急行军再回师黔北。红三军团进至鸭溪金钟西北方向的白腊坎地域，监视和包围白腊坎之敌，与红一军团占据通往金钟东北方向的位置，互为犄角，保证中央纵队从白腊坎和鸭溪间由北向南突围。3 月 28 日，红九军团各部在长干

图 / 四渡赤水的太平渡口旧照

山、枫香坝一线伪装成红军主力吸引敌人北上，以掩护红军主力南下。3月29日，在长征中有"铁流后卫"之称的红五军团主力在红三军团的掩护下通过敌人封锁线后，继续作为后卫一部监视白腊坎，主力则移至马蹄地域，对枫香坝严密警戒，保证中央纵队顺利南渡乌江。

3月31日，中央红军（除红九军团外）全部渡过乌江，跳出敌人的包围圈。

图 / 红色之家

第二节　故事

一、红军妙唱空城计

　　苟坝会议后，中央红军在毛泽东的指挥下，牵着蒋介石的鼻子打转，顺利跳出蒋介石在川黔边设下的包围圈。其中，红九军团在马鬃岭上演的"空城计"尤为精彩。

　　1935 年 3 月下旬，中央红军四渡赤水之后，又第三次进入遵义县干溪、平家寨、苟坝一带。3 月 27 日，长干山之敌进占平家寨、礼村，薛岳直接指挥的九十二师在坛厂与红九军团发生激战，原定的红军主力从长干山、枫香坝之间突围南下已不可能。为了迷惑敌人，毛泽东电令红九军团当日晚迅速移驻马鬃岭，将兵力分作两部，一部向西进攻长干山之敌，引敌向北；一部进攻枫香坝之敌。红九军团白天在马鬃岭西北的路上摆放露天标语，燃放烟花假扮炊烟，佯装整个红一方面军的主力。在有敌机来侦察时，红九军团一改平时隐蔽的行军习惯，组织部队在马鬃岭一带大造声势，到了晚上又回到苟坝，以掩护红军主力急速南下抢渡乌江。这在历史上称为"马鬃岭分兵"。

其实，"马鬃岭分兵"是毛泽东迷惑敌人的一个巧妙布局。在这一过程中，毛泽东以红九军团三千多人的兵力在马鬃岭大布疑阵，牵制了敌人六个师约十万人的兵力，与《三国演义》中诸葛亮用两千五百人退敌十五万有异曲同工之妙。一生钟爱《三国演义》的毛泽东将"空城计"应用于实际的战争之中，体现了毛泽东高超的军事指挥艺术。

图 / 长征中红九军团分兵处马鬃岭

红九军团赶到乌江边时，浮桥已经被破坏，过不了江，只好离开中央红军的主力部队，向西北方向转移。于 4 月 4 日在今金沙老木孔打了一个漂亮的伏击战，然后根据毛泽东的"锦囊妙计"，走走停停，于 4 月 29 日渡过北盘江，5 月 21 日在四川西昌礼州追上中央红军的主力部队，顺利完成了任务。红九军团因此被周恩来称为"战略骑兵"，这一称号高度赞扬了红九军团在长征中立下的汗马功劳。

二、"铁流后卫"红五军团

中央红军第四次渡过赤水河后，1935 年 3 月 24 日，蒋介石由重庆飞抵贵阳，他披挂上阵，亲临作战一线。蒋介石自认为这将是最后一战，于是高调宣称："共军已是强弩之末，现今被迫逃入黔境，寻求渡江地点未定，前遭堵截，后受追击，浩浩长江俨如天堑，环山碉堡星罗棋布。"[①] 蒋认为只需收紧包围圈，即可将红军"一网打尽"！

3 月 27 日 6 时，朱德电令红一、红三、红五军团首长，红军主力改从鸭溪、白腊坎向西南转移，对 27 日行动作出

① 转引自《红军》编委会：《红军——纪念中国工农红军长征胜利七十周年 第 1 卷》，中央文献出版社，2006，第 185 页。

部署。而长征中有"铁流后卫"之称的红五军团,则留在全军最后,进至花茂田以北隐蔽休息。28日,红五军团主力在红三军团的掩护下通过敌军封锁线后,红三军团继续作为后卫一部监视白腊坎敌军的动向。红五军团主力则移至马蹄地域,对枫香坝严密警戒,司令部则驻大庙场,指挥红五军团将士"断后",确保红军主力部队于3月31日全部渡过乌江,跳出敌人几十万大军的包围圈。

红军中曾流传:红一军团打先锋,攻无不克;红五军团殿后,守无不固。呆仗恶仗、雪山草地、穷追猛打都阻挡不了红军将士追求信仰的步伐,缺衣少食、新伤旧疾、风霜雨雪都压不垮红五军团官兵直挺的脊梁。一路喋血鏖战、浴血杀敌,他们在中央红军纵队的身后筑起了一道血肉屏障,保留了革命的火种和胜利的希望,创下了不可磨灭的功绩。

红五军团自1931年12月14日诞生伊始,就开启了他们"悲壮"的命运,始终被差遣做"苦差事",始终在"断后",但他们从来没有任何怨言。红军第五次反"围剿"失败后选择了长征,而红五军团全程作为断后的后卫部队。湘江战役是红五军团最为激烈、损失最为惨重的一战,为确保中央红军主力顺利渡过湘江,军团长董振堂临危受命,率部同蜂拥而至的敌人进行殊死激战,出色地完成了"血拼"任务。然而，负责殿后的红五军团三十四师，被敌军阻隔在湘江以东，陷入重重包围之中，为掩护党中央主力部队，面对四个师的敌人孤军作战，红三十四师五千多名官兵几乎全部牺牲，里面年龄最大的二十几岁，最小的十几岁，一个师六千多名将士，仅有一千多人统计到姓名。最初，由于旧军队习气和作风根深蒂固，以及国民党的反动宣传影响，这支部队也曾出现逃跑事件，是否以武力解决逃兵问题？这让从苏联留学回来的萧劲光犯了愁。毛泽东听后，反问："你怎么看？"萧劲光说："我不主张武力解决。"毛泽东也对这个观点表达了认同："决不能简单粗暴。要'剥笋'，不能'割韭菜'。"说罢，毛泽东便掐灭手中的烟，对萧劲光说："你马上回去对他们讲，就说是我说的，起义要他们是自愿参加的。他们参加革命，我们欢迎；他们不愿意革命，我们欢送。"萧劲光把毛泽东的话对红五军团官兵一讲，立即收获阵阵掌声。董振堂情不自禁地一拍桌子，"好！拥护！赞同！我们革命到底！"正是因为让官兵们感受到从未有过的尊重，他们从最朴素的追随开始，逐渐树立起理想信仰，铸就了一支传奇的铁血后卫之师。

在强渡金沙江的战役中，红五军团再次担任断后任务。他们像"铁闸"一样，紧紧把十多万国民党军堵在仅有的一条路上，保证红军主力顺利、安全渡过金沙江。

三、四渡赤水胜利通道——金钟

播州区鸭溪镇金钟，因境内的张氏坝有一座小山的山顶上曾有座庙，晨钟暮鼓之声可传数十里，故人们将其称作"金钟山"。

1935年3月底，中央红军第四次渡过赤水河后，敌人在长干山、枫香坝之间布下封锁线，红军要想从此处突围南下已无可能。为争取南下先机，中革军委于3月27日发出指示：我军原定从长干山、枫香坝之间突围行动已不可能，决定改从鸭溪、白腊坎地域向西南转移。红军陆续进驻花茂、白腊坎，以防御枫香坝、鸭溪之敌，敌人不敢轻举妄动。

是日晚，红一军团到达鸭溪西南五公里的金钟村底坝，司令部驻后坝，准备于28日经泮水南下；红三军团由干溪进至白腊坎地域，向枫香坝之敌进行佯攻；红五军团由干溪与红三军团平行至白腊坎，南下马蹄石；中央纵队随红一军团后经花茂田进至金钟村底坝。红九军团按照"马鬃岭分兵"部署，司令部驻苟坝，在28至30日伪装成红军主力，迷惑敌人，以便红军主力迅速向南转移。

中央纵队及红一、红三军团主力在28日先后进至今金沙岚头、沙土地域，离开鸭溪，向乌江南岸逼近。其中，

图 / 遵义红军烈士陵园

红一军团一部从金钟底坝出发，渡过偏岩河；另一部从白腊坎西南方向的小坝沟经老鹰岩至金钟底坝，过偏岩河进至金沙岚头、沙土地域。红三军团出金钟底坝进至金沙沙土地域。

在中革军委指挥下，红一、红三、红五军团，中央纵队秘密、迅速钻过鸭溪至白腊坎间不足八公里的国民党军队封锁间隙金钟村，进入乌江北岸的沙土、安底等地，准备南渡乌江。这不足八公里的狭长地域成了中央红军的胜利通道。

1935年3月21日，红军大部第四次渡赤水河，将国民党军甩在赤水河以西地域。3月25日，中革军委决定全军向西南行动。3月27日，红军迅速向南进至遵义、仁怀大道北侧地域。中革军委决定红军主力从鸭溪、白腊坎之间穿过国民党军封锁线，尽快将全部国民党军抛在后面，开辟进军云南并从金沙江北渡入川的前景。3月28日，红一、红三军团冒着狂风暴雨迅速进抵乌江北岸的沙土、安底地域。中革军委令红五军团在3月29日12时前在兴隆场钳制住枫香坝的敌人，以掩护红军主力南下。红五军团经枫香坝、白腊坎抵马蹄石一带，司令部驻大庙场。大庙场四圣宫内墙上张贴了1935年1月颁布的《中国工农红军总政治部布告》，纸张脱落后拓印在木板上的字迹严重风化，上部仅隐约可见"红军"二字，下面隐约可见"利益的行为""打土豪分田地"，右侧隐约可见"公历一九三五年一月"等。

四、一封假电报，调敌三个师

四渡赤水后，乌江南岸，敌人南下的近三个师的兵力正向息烽地域集中，准备堵截红军。

当时红一、红三军团和军委纵队，预计在 3 月 31 日中午前后，才能渡江完毕，而担任牵制任务的红九军团和承担后卫阻击任务的红五军团，渡江的时间则更晚一些。这时，红军主力的集结地在乌江北岸的安底、狗场、沙土一带，距离红军预定的渡江地段最远不过十五公里，近者不到十公里，而乌江南岸的息烽距红军渡江地段也只有二十三公里。

敌人的行进方向与红军主力的行军方向是一致的，这就意味着，敌我双方如果都不改变行动时间和方向的话，很可能在乌江渡口狭路相逢，敌人占绝对优势，红军并无获胜的把握，湘江血战的那一幕势必重演。虽然说，狭路相逢勇者胜，但此时红军哪里还经得起血战的消耗！

"红军能不能改变方向？"有人小声地问道。

答案是不可能，因为红军无论是由南转向东或转向西，结局都一样，都将是重新陷入敌人重兵的四面围攻之中。那么，让敌人改变方向如何？乌江南岸的敌人的三个师指挥不统一且兵力分散，不足为虑；关键是要让由泮水、安底方向追来的周浑元、吴奇伟两纵队主力改变行军方向。

"可是，周浑元、吴奇伟怎么会听咱们的？"又有人嘀咕了一声。

"周、吴当然不会听咱们的。""但是，他们不能不听蒋介石的。"负责无线电侦察的中革军委二局局长曾希圣突然插话道，脸上露出一丝狡黠的笑容，毛泽东、周恩来的眼睛同时为之一亮，瞬间就明白了曾希圣的意思。窗户纸一捅就破，曾局长的意思就是冒充在贵阳的蒋介石给周、吴两人发电报，将两部主力调开！

这个看似离奇的办法实际上是非常可行的：首先是利用了蒋介石常常朝令夕改、越级指挥的弱点；其次，红军的情报部门已经掌握国民党的密码和电文格式，在短时间内被识破的可能性非常小。

一封假冒的电报以蒋介石的名义分别发给了周浑元和吴奇伟，中革军委二局开通了所有的无线电台，密切注意周、吴两部动态，直到其按照红军假电报所指定的方向开拔，才松了一口气。

3月31日午后，除远在敌后的红九军团外，红军各部顺利南渡乌江，避免了一场血战。

一段难忘的记忆

李发模

二万五千里长征，一行史诗
枪炮与草鞋写成的史诗
在遵义
脚印儿是红，血性是立意

红遵义，红太阳在天喊号子
绿遵义，绿色生态山青水碧
这片热土是先辈的希望和理想
是革命的老家，心灵的沃土
繁茂真挚

遵义托举伟人、勇士、君子
是中国革命的转折之地
遵义之"遵"，走之是二万五千里长征
尊严之尊，是人民利益
遵义之"义"，见义勇为，大义凛然

秦汉以来，汉三贤，清三儒，一九三五

从不卑躬屈膝

"遵义"二字的血液里，有红色基因

民族钙质

遵义红啊！一座桥是迎红桥

一幢楼是"遵义会址"

一座山是娄山关

一条河是"四渡赤水"

一盏马灯照亮"实事求是"

一座红军坟，埋着人民的爱

一位将军塑像，英勇壮烈

一位老红军李光，一段难忘的记忆

遵义拥有一个个红色的故事

"一"在遵义，因"人"而"大"

大字顶"一"是"天"

百姓的天下，一心一意就千军万马

进入遵义，是进入"转折"一词

这词的纵深，是人类五大史诗之首

水的站起是飞瀑

花的盛开是春风的意义

红是精神富饶的土壤

遵义

《遵义红又红》
作词：杨玉鹏
作曲：孟文豪
演唱：喻越越

《向往遵义》
作词：梁爱科
作曲：周明仁、王志敏
演唱：王莉

遵义市旅游精品线路（六）

线路名称：

长征寻迹　红色之旅

线路简介：

该条线路包含遵义会议会址、红军街、苟坝会议会址等红色景区景点，串联赤水河谷沿线的四渡赤水纪念馆、丙安古镇等地，一个个红色故事，沿着这条线路徐徐展开。

线路安排：

遵义会议会址—捞沙巷—民主路步行街—红军街—遵义·1935 街区—苟坝会议会址—乌江寨—赤水河谷旅游公路—四渡赤水纪念馆—丙安古镇

一路美宿：

遵义宾馆、枫香苑、暮山酒店、茅台国际大酒店、岁月土城酒店等、匠庐·雅路古洞穴酒店。

"长征寻迹　红色之旅"示意图

图 / 4A 级旅游景区——习水县四渡赤水纪念馆景区

参考文献

［1］贵州省余庆县地方志编纂委员会.余庆县志［M］.贵阳：贵州人民出版社，1992.

［2］唐明强.余庆记忆［M］.北京：中国文史出版社，2015.

［3］萧锋.长征日记［M］.上海：上海人民出版社，2006.

［4］董保存.四两拨千斤［M］.北京：解放军文艺出版社，2010.

［5］贵州写作学会采风组.文化古镇尚稽［M］.汕头：汕头大学出版社，2010.

［6］张黔生，张炼.红军在黔北［M］.北京：中国文史出版社，2016.

［7］中共中央党史研究室.红军长征纪实丛书　红一方面军卷［M］.北京：中共党史出版社，2016.

［8］王耀南.王耀南回忆录［M］.北京：中共党史出版社，2011.

［9］王耀南.坎坷的路［M］.北京：战士出版社，1983.

［10］曾保堂，等.星火燎原全集普及本•智取遵义［M］.北

京：解放军出版社，2009.

[11] 魏巍.地球的红飘带 [M].北京：人民文学出版社，1988.

[12] 刘伯承，等.回顾长征 [M].北京：外文出版社，1978.

[13] 黄先荣.长征与遵义 [M].北京：中央文献出版社，2011.

[14] 阎欣宁.遵义！遵义！[M].北京：解放军文艺出版社，2011.

[15] 叶永烈.叶永烈自选集：毛泽东之初 [M].北京：作家出版社，1993.

[16]《王稼祥选集》编辑组.回忆王稼祥 [M].北京：人民出版社，1985.

[17] 王云丽.遵义会议参加者谈遵义会议 [M].沈阳：白山出版社，2015.

[18] 张琦.历史选择：长征中的红军领袖 [M].杭州：浙江人民出版社，1996.

[19] 刘英.刘英自述 [M].北京：人民出版社，2005.

[20] 张树德.跟着真理走 [M].北京：中国青年出版社，2012.

[21] 陈松，黄先荣.人民军队从这里走向胜利 [M].北京：中央文献出版社，2012.

[22] 遵义会议纪念馆.红军长征在贵州（史料）[M].贵阳：贵州人民出版社，1960.

[23] 张树军，黄一兵.长征史记 [M].长春：吉林人民出版

社，2006.

［24］钱俊君，蒋响元.中国共产党交通大战略［M］.北京：当代中国出版社，2011.

［25］中共播州区委党史研究室，贵州省遵义市播州区老区建设促进会.革命老区遵义县［M］.北京：中共党史出版社，2016.

［26］聂荣臻.伟大的转折：遵义会议五十周年回忆录专辑［M］.贵阳：贵州人民出版社，1984.

［27］何念.开国将帅在长征路上的故事［M］.北京：解放军出版社，2006.

［28］张小灵.遵义会议100趣［M］.北京：中央文献出版社，2014.

［29］易孟醇，易维.诗人毛泽东［M］.北京：人民出版社，2003.

［30］季世昌.毛泽东诗词鉴赏大全［M］.南京：南京出版社，2012.

［31］徐四海.毛泽东诗词鉴赏［M］.昆明：云南人民出版社，2005.

［32］曾祥铣.遵义简史［M］.贵阳：贵州人民出版社，2014.

［33］姚有志，李庆山.红军举世罕见的20大战役［M］.沈阳：白云出版社，2009.

［34］黄先荣.红色贵州·长征遵义［M］.北京：中国文联出

版社，2005.

[35] 遵义市政协文史与学习委员会.赤水河古镇 [M].北京：中国文史出版社，2011.

[36] 遵义市民政局，遵义市历史文化研究会.遵义地名故事（一）[M].成都：西南交通大学出版社，2016.

[37] 费侃如.遵义会议研究论稿 [M].北京：中共党史出版社，2016.

[38] 刘明钢.长征中的红军："革命理想高于天"[J].党员文献，2021（4）：18-20.

后记

　　一本红色旅游读本应该包含哪些要素？一本"红色圣地·醉美遵义"的红色旅游读本该以怎样的面貌呈现给广大读者？

　　遍寻国内相关书籍，没有答案。因此，这本书既是通过微观叙事展现红军长征筚路蓝缕、苦难辉煌故事，与展示遵义旅游风情风貌一起，进行"红旅"融合的尝试；也是在网络语境下的碎片化记忆、快餐式阅读中，坚持以纸为媒、坚守图文书写遵义"特意性"旅游资源的一次有益尝试。

　　这本书，既是注重叙事内容以情动人，推动红色文化"由浅入深"的创新转化，也是在讲好遵义红色文化故事的基础上，持续推动以文塑旅、以旅彰文，将红色文化融入旅游产业发展之中，助力遵义文旅全域发展与产业链生态做大

图 / 凤冈长碛古寨

做强的一次文化实践。

　　本书从策划到出版，凝聚了很多部门工作人员、专家的心力。八十七岁高龄的文化老人曾祥铣老师，拟定本书框架，组建编写团队，谋定篇目；长征史专家黄先荣老师，率队执笔操刀；遵义市委党史研究室原主任罗永赋老师数次校

阅，历时半年，本书得以定稿。

　　特别值得一提的是，当广东省粤黔协作工作队遵义工作组的领导得知本书的编写情况后，立刻表示支持，使本书得以从当初的一本简装内部读物，升级成为封面精致、内容精当的正式出版发行书籍，这份跨越山海的情谊值得永远铭记。

在书稿进入出版编辑之前，已经具备"清样"要素。但为力臻完美，贵州大学出版社并没有"照单全收"，而是就提供的稿件重新编辑，坚持"亲历""亲见""亲闻"，对每一位人物、每一个史实、每一个细节都要求有重要信源、权威佐证。在此，感谢常年"为他人作嫁衣"的郭晓林副社长，接力编辑本书的张敏老师、游浪老师，以及美编陈艺老师、陈丽老师。

在此，也要对遵义市文化旅游局、遵义市文化旅游发展中心、遵义市博物馆各位同事的静静耕耘、默默发力表示感谢。

作为历史文化名城的遵义，不止于红色文旅读本，尚有土司文旅读本、沙滩文旅读本、浙江大学西迁文旅读本、三线建设文旅读本等，等待更多有志于此的同仁去跋涉。

编　者

2024 年 6 月